JN132901

宮中歌会始全歌集

歌がつむぐ平成の時代

宮内庁 編

東京書籍

平成30年10月　皇后さまの御誕生日に際して（宮殿中庭）

平成31年1月　平成最後の宮中歌会始の儀（正殿松の間）

上／平成３年1月　平成最初の宮中歌会始の儀（正殿松の間）
下／平成15年1月　宮中歌会始の儀（正殿松の間）

上／平成30年10月　皇后さまの御誕生日に際して（皇居）
下／平成25年7月　ユウスゲを御覧になる（御所のお庭）

平成29年12月　天皇陛下の御誕生日に際して（御所のお庭）

平成29年9月　お稲刈り（皇居）

平成25年5月　天蚕山つけ（皇居）

平成21年12月　横浜市こどもの国ご訪問

宮中歌会始全歌集

歌がつむぐ平成の時代

目次

解説

索引

序文

平成三十一年は、天皇陛下御即位三十年であると共に、同年四月三十日には天皇陛下が御譲位され、翌五月一日には新天皇陛下が御即位されるという、我が国にとって大きな節目の年になります。

この平成の時代を締めくくる年に、皇室と国民を結ぶ平成の宮中歌会始の集大成として本書が刊行されることは極めて意義深いことであります。

宮中歌会始は、新年、皇居正殿松の間において行われます。一般の人々から詠進された約二万首の歌の中から選者によって選ばれた十首の歌（預選歌）、選者の歌、召人《めしうど》の歌、皇族方のお歌、皇后陛下の御歌《みうた》、そして天皇陛下の御製《ぎょせい》が順番に披講されます。披講とは、短歌を声に出して読上げ、節をつけて詠ずることによって鑑賞するもので、毎年始めのNHKの生中継で耳にされた方も多いでしょう。

宮中歌会始の起源は必ずしも明らかではありませんが、鎌倉時代中期までは遡ることができると言われます。明治時代になってからは、それまで宮中のごく一部の行事であったものが、詠進者の範囲が次第に拡張されて、広く国民各層が詠進できる画期的な宮中行事として発展しました。

戦後は、民間の歌人に歌会始の選者をお願いし、また、広く国民各層の詠進を求めるため、お題は平易なものとされました。預選者は式場への参列が認められ、テレビの中継放送も導入されました。

こうして迎えた平成の歌会始は、全国津々浦々地域的な偏りなく、子供から大人、高齢者まで、男女の別なく、また職業や社会経験の隔てなく、日系人・外国人を含め、誰でも等しく、親しく短歌を詠み進めることができる行事となりました。

平成になってから二十九回の歌会始が行われ、総数六十四万を超える歌が寄せられ、うち預選歌二百九十、佳作四百六十一を数えます。毎年のお題に沿って詠まれつつも、それぞれの時代の人々の喜びや感動、悲しみや不安、新たな決意といった人々のありのままの心情が込められているのが預選歌であります。その意味では、預選歌は歌として優れた作品であるだけでなく、時代を映す「鏡」とも言えると思います。

また、このような発展を遂げた宮中歌会始は、和歌の詠進とその披講を通じて皇室と国民の心が通い合う、世界に類を見ない国民参加の文化行事と言えましょう。

私は、これまで七回歌会始に参列しました。厳粛な雰囲気の中で、学生服やセーラー服の中学・高校生から杖や車椅子の方まで、預選者が自分の歌の順番を待ち、若者が恋心や友情を語る歌から被災地の様子が眼に迫る歌まで、言葉遣いが違う様々な歌が、古式ゆかしい披講によってそれぞれ見事に羽ばたくさまに驚かされます。

本書は、天皇陛下の御即位三十年を祝し、その御代において、皇室と幅広い国民各層を結ぶ行事として発展を遂げた宮中歌会始の集大成として編まれたものであります。具体的には、平成三年から平成三十一年までの歌会始において披講された歌を中心として、天皇陛下の御製、皇后陛下の御歌、皇族方のお歌、召人の歌、選者の歌、及び一般から詠進して選ばれた預選歌の全てを掲載しています。

本書によって、歌会始に対する関心がさらに高まり、今後の詠進へといざない、伝統文化の一層の振興につながるよう強く願うものであります。

最後に、天皇皇后両陛下の御健勝と皇室の一層の御繁栄を心からお祈り申し上げます。

平成三十一年　三月　一日

宮内庁長官　山本　信一郎

歌会始　御製・御歌および詠進歌

作品の掲載について

本書には、平成三年から平成三十一年までの歌会始で発表されたすべての作品が掲載されています。作品掲載につきましては、すべて作者ご本人やご遺族の方に宮内庁よりご案内をさせていただきましたが、一部の方につきましてはご返信がいただけておりません。該当の作者やご遺族の方でお気づきの方がいらっしゃれば、東京書籍・編集制作部までご一報いただきたく、謹んでお願い申し上げます。

平成三年　歌会始

お題

「森」

御製

いにしへの人も守り来し日の本の森の栄えを共に願はむ

皇后宮御歌

いつの日か森とはなりて陵《みささぎ》を守らむ木木かこの武蔵野に

五箇山をおとづれし日の夕餉時森に響かふこきりこの唄

東宮

二十年余の月日過ごせし我が庭に曙杉の森広がれる

文仁親王

昼たけて野鳥の森に鳴き交はす小鳥らの声我も歌はむ

文仁親王妃紀子

角笛《つのぶえ》は森の木霊《こだま》を誘《いざな》へり木々さやさやと湖岸《うみぎし》に鳴る

清子内親王

鷲のすむ森よ永久なれと祈りつつ霧たつ福井の山をみあげぬ

正仁親王

わが入《い》りこしマレーシアの森の奥ふかくオランウータンは樹々の上とぶ

正仁親王妃華子

百鳥《ももどり》のさへづり聞こゆ朝まだき霧のながるる森の中より

宣仁親王妃喜久子

鳥ははやねぐらに入りし森の中キャンプファイアーあかあかと燃ゆ　崇仁親王

野象見むと待つ夜の原はしづまりて森の木の間に鹿の眼光る　崇仁親王妃百合子

鳥は皆ねぐらにつきて音もなく宮居の森にしじまのこれる　寛仁親王妃信子

ロッキーの峰々の裾おほひたる苔色の森にわけ入りてゆく　憲仁親王

内宮の森のしづけさにしみとほりただ大君の馬車の行く音　憲仁親王妃久子

・召人

ものなべて往きては還りまためぐる森のことはり知るや知らずや　梅原　猛

・選者

われ若き儒学生にして親しみし聖堂の森今も茂れり　渡邉弘一郎

森かげに斑雪《はだれ》のこりて花糸冴ゆる一人静の白きむらだち　千代國一

森の木の根方をひたす暗き水西欧の絵は夢をいざなふ　田谷　鋭

灯《ひ》を振りて招きしは誰《たれ》雪の舞ふ森の泉にまねかれて来ぬ　武川忠一

齋宮の森ふゆ枯れてあかるきに遠世《とほよ》のごとく夕やくる空　岡野弘彦

・選歌（詠進者生年月日順）

一位樫高くそびゆるわが森を遠くに見つつ春田たがやす　大分県　田坂増見

あめんぼが水輪かくたび太陽も森の木ぬれも湖底に揺らぐ　三重県　三輪タマオ

常臥《とこふ》しのマット干さむと麻痺の児らをアカシヤの森の蔭に遊ばす　新潟県　堀　孝子

麻痺となり手入れならねど育て来し我が山の森春の虹たつ　秋田県　佐々木永太郎

熊よけの鈴をふりみせきびきびと森の調査に子は発ちゆけり　新潟県　木伏ツネ

七人の小人きて食《は》め女童《めわらべ》と昼餉いただく森の陽だまり　広島県　樋口一郎

市街化の進みて小さきこの森に日に幾たびか小鳥集まる　岩手県　川村誠之進

二か村の稲三十町歩うるほして森の泉のここに湧きつぐ　三重県　高瀬トシ

遠距離の客降したる夕焼のバックミラーは森を映せり　栃木県　杉山　弘

わづかづつ感度落ちくる無線機を持ちて救難の森に入りゆく　福島県　今野金哉

平成四年　歌会始

お題

「風」

御製

白樺の堅きつぼみのそよ風に揺るるを見つつ新年《にひどし》思ふ

皇后宮御歌

葉かげなる天蚕《てんさん》はふかく眠りゐて櫟《くぬぎ》のこずゑ風渡りゆく

いにしへの歴史しのびつつ島訪ひぬ松が枝を揺る瀬戸内の風

東宮

悠久の壁画眺め居古人を思ふ風爽けきメコン河畔に

文仁親王

星の夜テントの中にともしたるランプのほのほ風にゆらげり

文仁親王妃紀子

葦原を波のごとくにわたりゆく風の真中《まなか》に目をとぢて立つ

清子内親王

風寒くすすきのほむら波うちて湯布の高原に日のくれんとす

正仁親王

野に遊ぶ子らの声ごゑそよ風にのりてはづめりうらら春の日

正仁親王妃華子

絲たぐり風のまにまにたこあげを友ときそひし遠きはつ春

宣仁親王妃喜久子

バイユーのタペストリーを見んものと風雨のノルマンディーに車走らす　崇仁親王

雲間より夕日さしくるすすき原穂波うねりて風渡る見ゆ　崇仁親王妃百合子

病院に君を見舞ひし日々すぎていま風なごむ春となりたり　寛仁親王妃信子

新年のみ堀をわたる風きよく松のみどりのあざやかに映ゆ　憲仁親王

春はやき出雲の宮居をろがめば吹きくる風にゆるる榊葉　憲仁親王妃久子

・召人

ひとしなみ老いも若きも立ち返るみ世を支ふるあまつ風の子　長澤美津

・選者

硝子越しに時をり覗く庭くさむら微かなる風のみち見ゆるなり　渡邉弘一郎

身にふれて風吹き過ぐる林なか芽ぐまむものは光をたたふ　千代國一

農作にかかはりありと今に知るつたふる言葉「五風十雨」も　田谷　鋭

樟《くす》わかば光と影のさやさやと風はみどりの野を渡りくる　武川忠一

三輪山のいただきにゐてかすかなり大和の田居を風わたる音　岡野弘彦

・選歌（詠進者生年月日順）

余呉を過ぎなほ北に入る雪の原太き稲木に風は鳴るなり　京都府　平木次郎

ピナツボの火山灰《よな》運び来し西の風今宵加州を金色に染む　アメリカ合衆国カリフォルニア州　藤田　実

風に転《まろ》ぶ帽子追ふさへ楽しくて発光体のごとき少女ら　神奈川県　相原トキエ

号砲の鳴りて一瞬遅れたる難聴児風切りトップにたてり　広島県　国信　玄

鹿除けの網張り終へし峡の田の早苗は風に生きいきと立つ　千葉県　鈴木芳子

夫も子も消防職に就きてより心騒ぎぬ風強き日は　滋賀県　山田愛子

春の風吹く丘に来て嫁ぐ娘と言葉すくなく蓬摘みつぐ　愛媛県　清水時子

伸びやかにからだ撓はせ少年の放ちし槍は風に乗りたり　愛知県　小島貞夫

台風の最中を斎庭《ゆには》ふかく居て徹宵警備の帽を正しぬ　三重県　中村辻弘

小学生の息子が染めし藍のれん風くるたびにめだかが泳ぐ　青森県　小山田信子

平成五年　歌会始

お題

「空」

御製

外国の旅より帰る日の本の空赤くして富士の峯立つ　※

皇后宮御歌

とつくにの旅いまし果て夕映《は》ゆるふるさとの空に向ひてかへる　※

※中国御訪問のことをお詠みになったもの

大空に舞ひ立つ鶴の群眺む幼な日よりのわが夢かなふ
東宮

長月のメコン河にて魚追ひぬ青空の下風爽やかに
文仁親王

土笛の音やはらかく流れいで澄みわたりたる空にひびけり
文仁親王妃紀子

この冬も果てなき空を渡りきて庭の木末につぐみ降り立つ
清子内親王

ひさびさに晴れし東京の空遠く富士の高嶺はくきやかにみゆ
正仁親王

筑波嶺《つくばね》の高きに立てば秋のくも関東平野の空うつりゆく
正仁親王妃華子

富士のみね空より見つつ飛びゆきてひらくるみ世の幸おもふかな
宣仁親王妃喜久子

しののめの空に浮かびし紅富士の色さやかなり年の始めに　崇仁親王

夕立のやみてたちまち鮮やかに虹かかりたり能登の大空　崇仁親王妃百合子

空晴れて風にながるる白雲は森のま上にかがやきてゐる　寛仁親王妃信子

満天に星ちりばめしバリローチェの夜空に南十字星探す　憲仁親王

遷宮の準備すすめる御《ご》正殿《しやうでん》の千木はますぐに空さししめす　憲仁親王妃久子

・召人

絶ゆるなく雲流れゆく今日の空見つつやすらぐ吾が思ひかな　吉田正俊

・選者

沈む日の長くとどまる北極のこがねの空に神を見むかも　千代國一

習志野の野営の夜空思ひ出づその地に近くいま獨り住む　田谷　鋭

身を緊めて立ちたる記憶かへり来よ凍る川面に映る夕空　武川忠一

宇宙《コスモス》の空のまほらを天がけり心すがしき言をつげくる　岡野弘彦

あけぼのの空に生まるる白き色のかがやく朝の青となるまで　岡井　隆

・選歌（詠進者生年月日順）

澄む空に点と見え来ぬモンゴルの探査を終へし君が還る機　愛知県　稲垣寿年

わかめ刈る神事の進む闇空に瀬戸過ぐる船太笛鳴らす　福岡県　山近春雄

持ち山の朴の喬木《たかぎ》は花を掲げそれより空の藍はふかまる　長野県　平塚澄子

あら磯に妻と居場所を知らせ合ひ鹿尾菜《ひじき》刈りつぐ空しらみたり　愛媛県　山本親光

なえし手に手を添へもらひわがならす鐘はあしたの空にひびかふ　岡山県　谷川秋夫

奥美濃のふぶく夜空に谺《こだま》して雪崩警報の法螺鳴り始む　愛知県　原由太郎

園児らの歓喜に応へ中空の気球は野原に降りて来にけり　滋賀県　河合達子

我が孫と空の青さをほめ合ひつつ洗濯物を干し終へにけり　愛知県　山本文子

人々の顔かがやきて竿灯の撓ふ夜空は火の匂ひする　岩手県　千葉英雄

空高く安全旗あげし構内に梨専用の貨物車を組む　長野県　小林正人

平成六年 歌会始

お題 「波」

御製

波立たぬ世を願ひつつ新しき年の始めを迎へ祝はむ

皇后宮御歌

波なぎしこの平《たひ》らぎの礎《いしずゑ》と君らしづもる若夏《うりずん》の島 ※

※ 沖縄御訪問のことをお詠みになったもの

我が妻と旅の宿より眺むればさざなみはたつ近江の湖《うみ》に　東宮

君と見る波しづかなる琵琶の湖《うみ》さやけき月は水面《みのも》おし照る　東宮妃

東北にて魚《さかな》追ひたる我《われ》の耳にメナムの波は清《さ》やかに響く　文仁親王

打ち寄する波に向かひて懸命に進む子亀の無事を祈れり　文仁親王妃紀子

うち寄する波音さえて沖の船ただゆるらかに進みゆきたり　清子内親王

ガラパゴスの浜をめがけて波にのりあしかの群は近づきてくる　正仁親王

漁火《いさりび》は遠くかすかにゆれうごき函館の海波しづかなり　正仁親王妃華子

四方《よも》の国むつみかはして波たたぬ世をこそ祈れ年のはじめに
宣仁親王妃喜久子

さざ波をこがねに富士を紅に染めて初日はいまのぼりゆく
崇仁親王

真珠貝採らむと海女の潜《かづ》きゆく水面《みのも》に小さく白き波立つ
崇仁親王妃百合子

海も空も青ひといろにけふも凪ぎてなぎさの砂を洗ふさざ波
寛仁親王妃信子

紺碧の沖縄の海風立ちて珊瑚礁《リーフ》に白く波湧きおこる
憲仁親王

さはやかに晴れわたりたる春の日の出雲の海は波しづかなり
憲仁親王妃久子

・召人

永劫の刻《とき》空にありさくら波木末《こずえ》にあふれ日輪に燃ゆ　中西　進

・選者

氷原を出づる流れのささら波音明《さや》けきをまたぎ吾がこゆ　千代國一

造営の御樋代木《みひしろぎ》曳く人の足川瀬の波のすずしきを踏む　田谷　鋭

凍りたる刹那のかたちかがやきて氷の湖《うみ》の波型蒼し　武川忠一

冬波のとどろきよする竜飛崎《たっぴさき》身を削ぐ風にまむかひて立つ　岡野弘彦

アメリカふかく旅し来たりて波に会ふとびかふ濤《なみ》の大いなる午後　岡井　隆

・選歌（詠進者生年月日順）

此の波のはてに祖国の美しと孫に語らひよはひかさねる　ブラジル国サンパウロ州　村岡虎雄

船べりを離すなと妻に声かけて横波冠《かぶ》りし船たてなほす　宮崎県　森　治平

船霊《ふなだま》のよろこびおはすと父いひき夕さざ波がふなべりをうつ　長崎県　吉田唯良

坐礁船のセメント袋つみかへる波しぶく中声かけ合ひて　埼玉県　江口房世

波の穂の放つ飛魚輝きてわが舟の上越えて行きたり　香川県　泉谷純明

故国《ふるさと》の電波微《かす》かに捉へ得て熱砂のキャンプに除夜の鐘聴く　愛知県　林成一郎

ゆるやかに電車の過ぎし単線を包みて白く茅花《つばな》波打つ　山口県　藤本雅子

海峡に白波立ちぬわが曳ける掃海浮標《ぶい》を羅針儀に読む　山梨県　渡辺照夫

荒磯の次なる大波はかりつつ声掛け合ひて岩の海苔採る　山口県　松原キク

直立の稲穂は風に波うちて冷夏の雨が南から又も　静岡県　山田保弘

平成七年 歌会始

お題

「歌」

御製

人々の過しし様を思ひつつ歌の調べの流るるを聞く

皇后宮御歌

移り住む国の民とし老いたまふ君らが歌ふさくらさくらと ※

※ 米国ロサンゼルス御訪問のことをお詠みになったもの

人々をへだてし壁はくづれたりベルリンに響く歓びの歌　東宮

夕映えの沙漠の町にひびきくる祈りの時をつぐる歌声　東宮妃

夏来たり人々集ふ日光の菖蒲ケ浜に響く歌声　文仁親王

言の葉をつらねてうたふ遊びうたわが子のこゑは明るくひびく　文仁親王妃紀子

生くるものら命の歌のとよもしてあした苑生《そのふ》に光みちくる　清子内親王

涙して歌ふ歌声に送られてをとめらは今看護婦となりぬ　正仁親王

帰国する飛行機にのりてやすらぐかいつしか童謡をわがうたひをり　正仁親王妃華子

學びやに后の宮を迎へまつり金剛石の御歌うたひぬ

宣仁親王妃喜久子

古の人の心ぞ知られける三十一文字《みそひと》の書《ふみ》ひもときて

崇仁親王

歌かるたとる手鈍れど友どちと笑ひさざめき老いを忘るる

崇仁親王妃百合子

青空の高く澄みたるこの朝《あした》心も晴れて歌口ずさむ

寛仁親王妃信子

新嘗の夜の齋庭《ゆには》に楽師らの歌朗々とながれくるなり

憲仁親王

冬の陽のさし入る部屋に子ら三人《みたり》並びすわらせ歌かるたよむ

憲仁親王妃久子

・召人

大み歌につかへまつりて年長しけふの大み歌仰ぎまつらく　五島　茂

・選者

柴笛に歌を吹きつる少年のかなしみ遠く父母のいましき　千代國一

読みすすむ防人歌《さきもりうた》にあらはれて分きても親しふるさとびとは　田谷　鋭

湿原の浮島に斑雪《はだれ》残りをり友らと歌ひ若かりしかな　武川忠一

歌ふことなき若者に万葉のうた訓《よ》み釋《と》きて老いに到りぬ　岡野弘彦

ソプラノの遠き歌ごゑわが愛のいたましき記憶にふれつつ昇る　岡井　隆

・選歌（詠進者生年月日順）

船うたも絶えたる茅渟《ちぬ》の海中《わた》に島生《あ》れていま一番機たつ
大阪府　永井千代

紙切れを幹に押し当て歌しるす山人われに春は来にけり
山形県　大瀧市太郎

卒業のうたはひとりのために流れ今日限り閉づ島の学校
長崎県　溝口みどり

ゲートルの下に歌稿を巻き入れて北ボルネオゆ還りきにけり
福岡県　清田則雄

ちちははの歌ふをききしことぞなき歌ふに難き生活《たつき》なりしか
神奈川県　上田富男

杜氏らのみな揃ひしか塀こえて酒仕込歌街に流るる
岩手県　菅川清志

歌ひつつ入学式に行く子らはどの子も母よりさきに歩めり
新潟県　田辺保夫

若き等が和して励ます手拍子に老人会の歌立ち直る
神奈川県　三宅新作

かすかなる指揮棒の風に歌ふといふ君は点字の楽譜もち立つ
青森県　釜萢頼子

州越えて地図を頼りに着きし街夜霧の辻を聖歌隊過ぐ
アメリカ合衆国カリフォルニア州　吉富憲治

平成八年 歌会始

お題「苗」

御製

山荒れし戦《いくさ》の後《のち》の年々《としどし》に苗木植ゑこし人のしのばる

皇后宮御歌

日本列島田ごとの早苗そよぐらむ今日わが君も御田《みた》にいでます

子供らと苗木植ゑつつ我祈る健やかに育て子らも苗木も
東宮

もろ手もちてひたすら花の苗植うる知恵おそき子らまなこかがやく
東宮妃

雨の中を龍神の山に苗植ゑぬ早く伸びよと願ひを込めて
文仁親王

三年《みとせ》まへきみが植ゑましレオンブーの苗は樽形に幹ふくらめり
文仁親王妃紀子

金色《こんじき》に咲きはゆる頃またとはむイペーの苗木風にそよげり
清子内親王

火をふきて五年《いつとせ》すぎし普賢岳人ら植ゑたる苗みどりなす
正仁親王

ワシントンの植物園よりおくられし木蓮の苗ことし花さく
正仁親王妃華子

桐の花しづかにさける山あひの田に苗植うる人は老いたり
宣仁親王妃喜久子

とつくにに櫻の苗木植ゑて祈る友好親善と世界平和を
崇仁親王

もみぢする雑木の山のひとところ杉の苗木はさみどりに見ゆ
崇仁親王妃百合子

心こめて育《はぐ》くむ苗代小さき芽のいでしがうれし春の朝《あした》に
寬仁親王妃信子

大君が手に植ゑましし早苗田をそよがせてさつきの雨ふりそそぐ
憲仁親王

この春に子らが買ひきて植ゑし苗みのれる茄子は紺の色濃き
憲仁親王妃久子

・召人

希ひこめ心に植ゑし一本の苗すくすくと伸びつづけゆく　加藤克巳

・選者

月桂の苗を人くれ繁る枝《え》の冠《かむり》は勝者ならぬ吾が上《へ》に　千代國一

幼な苗山田の水に葉の丈《たけ》のうち伏すあれど育ちゆくべし　田谷　鋭

よき年に今年はなれよ山茶花の苗木の花のくれなゐ深し　武川忠一

神の田の早苗のみづを畔放《あはな》ちてわがすさのをやさびしかりけむ　岡野弘彦

根を包むあたらしき藁《わら》匂ひつつわがうちに立つ花の木の苗　岡井　隆

・選歌（詠進者生年月日順）

後ずさりしつつ山田に手植ゑする早苗がすぐに青き風生む　徳島県　佐藤正義

青紫蘇の匂へる苗を盲ひわが指にて尺を取りながら植う　青森県　福士重治

目残しも浮苗もなくひつそりと田植機が来るさざ波立てて　東京都　若林科子

土石流に埋まりし棚田に杉苗を植ゑて人らは村を去りたり　三重県　石川良夫

地すべりの傷あと残る山肌に命綱つけ苗木植ゑゆく　長野県　北村柳次

遙々とクブチ砂漠にポプラ苗うゑむと出で発つ若きらの夏　愛知県　久米すゑ子

野薊のとげ荒く咲く田の畔《くろ》の際より先づは苗を植ゑゆく　岩手県　高橋洲美熙

しその苗抱いて帰りて水やれば日本がそこに舞ひ降りてくる　ブラジル国サンパウロ州　新井知里

地震《なゐ》に割れやうやく均す島の田にうからが寄り合ひ早苗植ゑゆく　東京都　松下正樹

吾も在りし二十世紀をセコイアの苗木はつなぐ三十世紀に　アメリカ合衆国カリフォルニア州　岩見純子

平成九年 歌会始

お題「姿」

御製

うち続く田は豊かなる緑にて実る稲穂の姿うれしき

皇后宮御歌

生命《いのち》おび真闇《まやみ》に浮きて青かりしと地球の姿見し人還《かへ》る

人みなは姿ちがへどひたごころ戦《いくさ》なき世をこひねがふなり　東宮

大地震《おほなゐ》のかなしみ耐へて立ちなほりはげむ人らの姿あかるし　東宮妃

旅先に出迎へくるる園児達吾子の姿と重なり映る　文仁親王

染織にひたすら励む首里びとの姿かがやく夏の木かげに　文仁親王妃紀子

御蔵島とほざかりきて桟橋に送りゐし子らの姿顕《た》ちくる　清子内親王

空晴れてくろつぐみの声たからかにさへづる姿近ぢかと見ゆ　正仁親王

初まうでの晴れ着の姿乙女らは春の巷を華やぎてゆく　正仁親王妃華子

ゆきまして十年《ととせ》に近きあけくれにたゞ偲ばるゝ君のみ姿
宣仁親王妃喜久子

ちはやふる神の御前に茶を点《た》つるうまごの姿あやにかなしも
崇仁親王

滑り来る吾子の姿をうつさむと松尾根の雪踏みしめて立つ
崇仁親王妃百合子

祈りにも似る心地して白雪《はくせつ》の富士の姿を仰ぎみる朝
寛仁親王妃信子

両翼に海風つかみ天《あま》かけるをじろわしの姿大空に映ゆ
憲仁親王

祭日の衣《きぬ》着かざりて馬の背に眠りゐる子の姿かはゆし
憲仁親王妃久子

・召人

野の中にすがたゆたけき一樹あり風も月日も枝に抱きて　齋藤　史

・選者

興亡の幾代をいまに城の垣石のいのちの姿しづまる　千代國一

おん母の半纏姿おもはるるか細く坐《ま》しき魚《うを》あきなひて　田谷　鋭

透きとほり姿なきもの呼びとめてこの高はらに穂すすき揺るる　武川忠一

たましひの満ちて姿の冴ゆるまで盆の踊りの夜ふけにけり　岡野弘彦

激浪のやうな思考もひと夜経てしづまりゆきぬ姿なきまで　岡井　隆

・選歌（詠進者生年月日順）

筑波嶺に姿の似たる山近く異境の土を耕して生く
ブラジル国 サンパウロ州 中村教二

新銀河百四十億光年のかなたに姿見し記事を読む
アメリカ合衆国 カリフォルニア州 山下日米親

霧深し児らの姿をたしかめて朝の渡しのともづなを解く
高知県 小谷貞広

農道のはたての空に伊吹嶺の姿おほらかに今朝は雪積む
滋賀県 須田みつ子

今朝配る荷物の一つ虫籠に姿の見えぬ鈴虫が鳴く
東京都 西　市郎

荷姿を確め終へし出庫車のヘッドライトに雪降りしきる
大阪府 佐原　博

あかときのひかりのなかに髪を梳く白寿の母の姿しづけし
福岡県 大津留敬

みの虫のみの負ひて這ふその姿このおもしろき世に生かされて
新潟県 青木　優

つるはしを担ぐ姿の慰霊の碑水噴き上ぐるダムに真向かふ
徳島県 下町義克

妻の姿見えざるままに妻の声頼りに吾はシャッターを切る
福島県 宮崎英幸

平成十年　歌会始

お題

「道」

御製

大学の来《こ》しかた示す展示見つつ国開《ひら》けこし道を思ひぬ

皇后宮御歌

移民きみら辿《たど》りきたりし遠き道にイペーの花はいくたび咲きし　※

※　ブラジル御訪問のことをお詠みになったもの

一本の杭に記されし道の名に我学問の道ははじまる

東宮

ルワンダへ長くつらなる土の道あゆむ人らに幸多くあれ

東宮妃

赭土《あかつち》のフォーカップへと向かふ道顱《ろ》頂《ちやう》眼《がん》がしばし横切る

文仁親王

森ふかき道に見いでし二輪草の小さき花は白くかがやく

文仁親王妃紀子

道長くひたに来ませり母君のみ背なやさしきあさかげの中

清子内親王

雪つもる毛無峠の道をきて小樽の町の赤き屋根みゆ

正仁親王

停戦へながき道のりを歩み来《こ》しアルスー大統領の手は温かし

正仁親王妃華子

有栖川の流れをくみし身にしあればたゞたどりゆく道のひとすぢ　宣仁親王妃喜久子

悩みつつ踏みまよひつつ八十路越えほの見えてこし新しき道　崇仁親王

駅いでて馬橇《ばそり》にのれる雪の道いでゆの町は暮れゆかむとす　崇仁親王妃百合子

行く道に黄金《こがね》しきつめいちやう降る初こがらしの師走のあした　寛仁親王妃信子

奥穂高の雲にかくれし頂上をめざしひたすら登る尾根道　憲仁親王

しづかなる神宮の森すがすがと玉砂利ふみて参道をゆく　憲仁親王妃久子

・召人

芽ぶきゆく木末《こぬれ》の空はしづかなり林に入りて道つづくかも　橋元四郎平

・選者

夜道ゆく身をひきしめて冬竹群《たかむら》高き梢のさやさやと鳴る　武川忠一

寒椿あかきに逢へば花恋ひのこころ永劫《えごふ》に朝の道ゆく　安永蕗子

うら若き母に負はれて越えし山なつくさ深き道に入りきぬ　岡野弘彦

意外なる方角にふかく道ありて心を誘ふこの二三日　岡井　隆

道なりにのぼり来れる峠にていまあたらしき富士に真向かふ　島田修二

・選歌（詠進者生年月日順）

トロッコを押して造りし遠き日を想ひつつ島の道を歩みぬ　三重県　西山時雨

火の如き言葉のこして立ち去りし靴音かなし深き夜の道　東京都　伊東弘晴

草刈りしなはては風の道となりあきたこまちの開花はじまる　秋田県　伊藤順三

産道を出でしみどり児かき抱き産湯つかはす真夜の勤務に　香川県　藤堂ハルヱ

一軒家に最後の葉書配り終へ初日耀ふ道を下りぬ　三重県　小阪典生

整へし圃場の道を朝毎に通ひてわれは万の鶏飼ふ　大分県　三代英輔

砂浜の砂に迷路のごとく伸ぶ幼の描きし宇宙への道　宮城県　窪田碩子

この道をまつすぐ行かば届くかと思ふあたりへ春の日昇る　東京都　福田八重子

いちにちがきらきらとして生まれ来ぬ海の道ゆく父の背あかるし　福岡県　吉永幸子

夏空に音は広がりかげろふの揺れる道の辺パレード終る　大阪府　佐藤美穂

平成十一年 歌会始

お題

「青」

御製

公害に耐へ来しもみの青葉茂りさやけき空にいよよのびゆく

皇后宮御歌

雪原《せつげん》にはた氷上にきはまりし青年の力愛《かな》しかりけり

登山電車にゆられて登るユングフラウ青き氷河はせまりくるなり
東宮

摩文仁なる礎《いしじ》の丘に見はるかす空よりあをくなぎわたる海
東宮妃

鶏《とり》追ひて西双版納《シプソンパンナ》の村歩む青空広がる雨季の晴れ間に
文仁親王

朝の池うすらにあをくとざしたる氷の面《おもて》すきて光れり
文仁親王妃紀子

まさをなる空に見えざる幾筋の道かよひゐて渡り鳥くる
清子内親王

山形の青一色の空の下赤きりんごをわれは手折りぬ
正仁親王

青々と木《こ》ぶかき森に入りくればしまふくろふの眼《まなこ》ひかりぬ
正仁親王妃華子

はてしなく青く晴《は》れたる大空《おほぞら》にのぼる朝日《あさひ》に年《とし》は明《あ》けゆく

宣仁親王妃喜久子

富士を背に青海原を泳ぎきり芋粥うまし三津《みと》の浜べに

崇仁親王

知床の岸に寄せたる流氷の重なる奥に淡き青見ゆ

崇仁親王妃百合子

青空のしじまにひびく鳥の声たんぽぽは花おもたげに咲く

寬仁親王妃信子

石垣島あをくしづけき水底《みなそこ》をすべるがごとくマンタ泳ぎゆく

憲仁親王

備瀬崎《びせざき》の海のあをよりなほ青くるりすずめだひ群れておよげり

憲仁親王妃久子

・召人

青空の星を究《きは》むとマウナケア動き初《そ》めにしすばる称《たた》へむ　藤田良雄

・選者

ゆるぎなきものの裂傷湖《うみ》青き氷の裂ける音遠きかな　武川忠一

みづうみは青ひとすぢの葦牙《あしかび》を立てて一途の春となりゆく　安永蕗子

青うなばら潮干《しほひ》からして母をよぶわがすさのをぞ恋ひしかりける　岡野弘彦

大麦は愛のごとくに熟れながらボヘミアの野の青き起き伏し　岡井　隆

秋の日の青海原を見しのみに心ゆたけく市井にかへる　島田修二

・選歌（詠進者生年月日順）

思ふこと若かりし日にかかはりて青く香にたつ薄荷の葉叢　三重県　柴原恵美

唐国に還らむとてか真青なる山繭は大き羽根ひらきたり　徳島県　大柴麻子

己が持つ青き光の輪に乗りて蛍は掌より闇に飛びたり　山口県　大場淑子

駅七つ呑込まれたる豪雪の除雪開始の青旗を振る　福島県　斎藤　弘

空と海青き彼方は大夕焼四十四年の我が最終航　島根県　渡部義英

昨夜《よべ》生《あ》れてはや青草を踏む仔牛身のどこかいつも母にふれゐつ　愛知県　伊藤正彦

わが眼にて最後に見たる「水」の文字青きインクの美しかりき　兵庫県　清水英郎

被爆せる樟青々と天に伸び半世紀経し夏を輝く　千葉県　山之内俊一

夜勤明けの空の淡青《うすあを》美しと介護実習の子の眼耀く　佐賀県　西川友子

新しき羽を反らして息づける飛翔間近の青スジアゲハ　佐賀県　中尾裕彰

平成十二年 歌会始

お題

「時」

御製

大いなる世界の動き始まりぬ父君のあと継ぎし時しも

皇后宮御歌

癒《い》えし日を新生《しんせい》となし生くる友に時よ穏《おだ》しく流れゆけかし

はるかなる時空を越えて今見ゆる星の世界をすばるは探る　東宮

七年《ななとせ》をみちびきたまふ我が君と語らひの時重ねつつ来ぬ　東宮妃

霧わたる今帰《なき》仁村《じんそん》のあかときに時告げの鶏高らかに鳴く　文仁親王

本をひらき静かにすごす我と子のこころなごめり午後のひととき　文仁親王妃紀子

時空こえて宇宙のかなたに吾《あ》をまねくすばるより見し青き星雲《せいうん》　清子内親王

刻々と潮みつる時せまりきてしぎはおりたつ谷津の干潟に　正仁親王

新《あら》た世は豊かにあれとあかときの部屋にしづかに我は祈りぬ　正仁親王妃華子

時の間も惜しみて宮は究めます学びの道をなほ深めむと

崇仁親王妃百合子

まじまじと夜ねむらえず森の方にふくろふ鳴きて時計二時をうつ

寛仁親王妃信子

新嘗の衛士の焚く火をみつめつつ古の時へ思ひをはする

憲仁親王

賑はひし往時のさまを偲びつつ熊野古道の石段のぼる

憲仁親王妃久子

・召人

病める日も清《さや》けき時もともにゐて妻と迎ふる新しき春　可部恒雄

・選者

うら若き時をわけあふ森の梢よみがへり来よ山はふるさと　武川忠一

ゆりかもめ渡りの時をはれやかにくれなゐの脚のべて降りくる　安永蕗子

世の末の長夜《ながよ》のねむり覚めゆけとあかときかけてわが祈るなり　岡野弘彦

歌ことば積みたる船が笛鳴らし岸をはなるる時近づきぬ　岡井　隆

あたらしき時世《ときよ》のごとくひとむらのあしたの雲をながくみまもる　島田修二

・選歌（詠進者生年月日順）

移りすんでラテンの國に老いしいまときに信濃の夢をみるかな　ブラジル国パラナ州　神津　正

二百年のときをつぶさに見てきたる大欅なり風にしたがふ　京都府　宮艸万壽夫

昨日よりもなほ低く垂る苦瓜の内に充ちゆく時のしづけさ　奈良県　佐藤多美子

煮立つ湯にさっと水菜のみどり冴ゆひとり美しき時の間をゐる　兵庫県　小西博子

不安なるときが拡がりをもちてくる或る夜しきりに未来を覗く　兵庫県　清永司郎

霙降る柵に繫がれ時を待つ流鏑馬の馬白く息して　埼玉県　杉田昌美

「ひらひら」といふ語教へてひと時を留学生らと花吹雪浴ぶ　山口県　岡林鎮雄

時はいま満潮のごとみちみちて四十余年の職辞するなり　奈良県　前川隆夫

渡りゆく時をはかりてゐるらしき燕の群が雨に濡れをり　奈良県　油谷　薫

指先に打鍵の重さ兆しつつショパンの「革命」弾くとき迫る　佐賀県　中尾裕彰

平成十三年 歌会始

お題

「草」

御製

父母の愛《め》でまししし花思ひつつ我妹《わぎも》と那須の草原《くさはら》を行く

皇后宮御歌

この日より任務おびたる若き衛士《ゑじ》の立てる御苑《みその》に新草《にひくさ》萌ゆる

草原をたてがみなびかせひた走るアラブの馬は海越えて来ぬ　東宮

君とゆく那須の花野にあたらしき秋草の名を知りてうれしき　東宮妃

旅先の草木《さうもく》深き川縁《かはべり》に魚釣りつつ吾子らは遊ぶ　文仁親王

草ふかき山の斜面《なだり》をのぼりきて苗木を植うる土あたたかし　文仁親王妃紀子

ほどもなく夕立ちやせむみそのふに草の香あをくたちのぼりくる　清子内親王

御園生の夜露にぬれし草の間にほたるの光青白く見ゆ　正仁親王

雑草といふ草はあらずといひたまひし先《さき》の帝《みかど》をわが偲ぶなり　正仁親王妃華子

雪降らばゲレンデとなる丘を来て松虫草のこもり咲く見つ

崇仁親王妃百合子

村の道そぞろにゆけば草笛ののどかにきこゆ春ふかき午后

寛仁親王妃信子

駆けまはる仔馬しづかに見守りて母馬は食む新緑の草

憲仁親王

アカシアの樹をもとめつつ草原をゆらりゆらりと麒麟あゆめり

憲仁親王妃久子

・召人

山川も草木も人も共生のいのち輝け新しき世に

上田正昭

・選者

湧く水をひきて凍らぬ高はらに萌ゆる若草馬はいななく

武川忠一

見ゆるものみなうつくしき春の夜や月下《げつか》の湖《うみ》にそよぐ水草

安永蕗子

うら若くかの草かげに果てゆきし友のこころを継ぎて生ききぬ

岡野弘彦

渡り来て約三千の夕鶴の草の穂がくり草の実を食む

岡井　隆

ひとり来て多摩の丘の辺くさむらの一輪草をしまらくは見む

島田修二

・選歌（詠進者生年月日順）

背に付きし草の実妻と取り合ひて日の入り早き山を下りぬ　三重県　中井　勇

あやまたず明日は来たらむゐのころ草金に輝く長き黄昏　東京都　小山孝子

イザヤ書に人は草にて枯るるとふくだりを読みて明の燈を消す　島根県　竹田　弘

草いきれ車内に充ちてここよりは單線となる山峡の駅　大阪府　田中二三子

草はらに生れしばかりの仔馬立ち母より低き世界を見てゐる　千葉県　高野伊津子

定年の朝もつとも華やげと草染めのシャツ夫に縫ひをり　埼玉県　渕野里子

野兎の草踏む音ぞ聞こえ来る風無き冬の夜深くして　高知県　大野　正

ぎこちなき歩みなれども子は追へりゆらりと川面をゆく草の舟　静岡県　小池正利

身ごもりて目に入るもののあたらしき名もなき草の金のさざ波　神奈川県　古山智子

青春のまつただ中に今はゐる自分といふ草育てるために　兵庫県　後藤栄晴

平成十四年 歌会始

お題

「春」

御製

園児らとたいさんぼくを植ゑにけり地震《なゐ》ゆりし島の春ふかみつつ

※

皇后宮御歌

光返《かへ》すもの悉《ことごと》くひかりつつ早春の日こそ輝かしけれ

※ 復興状況視察のための兵庫県御訪問のことをお詠みになったもの

青春をわが過ごしたる学び舎に新入生の声ひびくなり

東宮

生《あ》れいでしみどり児のいのちかがやきて君と迎ふる春すがすがし

東宮妃

ふきのたう雪解けの地に顔いだし春の訪れ近しと思ふ

文仁親王

冬枯れし庭のしばふも春の陽にひごとみどりの色をましゆく

文仁親王妃紀子

降りやみてあしたいよいよ春めかむ窓にきき入る苑の雨音《あまおと》

清子内親王

春の日のあまねく照らす那須の野にはるりんだうは青ふかく咲く

正仁親王

春ふかく山なみつづく那須の原みやま桜はほのぼのと咲く

正仁親王妃華子

わが庭の春のおとづれまづ見えてミモザアカシアはなやぎて咲く

崇仁親王妃百合子

光る海みどりの木々を前にして朝明《あさけ》の卓に春を思へり

寛仁親王妃信子

春の陽にかげろふゆらぐ新雪の斜面みおろしいざ滑りなむ

憲仁親王

川岸に巣づくりはげむかはがらす春はやき水つめたく透けり

憲仁親王妃久子

・召人

春の野にわが行きしかば草なびけ泉かがやくふるさとの道　扇畑忠雄

・選者

歳月の嵩《かさ》踏みて立つ山の路春りんだうは丈低く咲く　武川忠一

月明に梅花水藻《ばいかみづも》の花ひらくいちはやきかな夜天の春は　安永蕗子

春の潮伊豆の島根によせくるを天城のみねに見はるかし立つ　岡野弘彦

ながく永く待ちにし春に会はむとしするどくとがる花の芽われは　岡井　隆

うぶすなの浦賀の海を言ふほどに春のうしほのただにきらめく　島田修二

・選歌（詠進者生年月日順）

野に山にイッペイの花咲き満ちて吾がうまごらの国の春なり
ブラジル国サンパウロ州　中村教二

積み上げし堆肥押しのけ出づる芽の先のするどき春となりけり
静岡県　瀧本義昭

昨夜《きぞ》ふりし春雪を身に浴びながら幹をめぐりて杉の枝うつ
島根県　小田裕侯

青春の汗にまみれて声ふとくラガーの一団駆けぬけて行く
鹿児島県　中屋清康

噴気たち泥流島をおほふとも海青ければ春の待たるる
東京都　工藤政尚

とぶとりの明日香の春は坂多し貸自転車のかすかに軋む
岐阜県　奥井重敏

春雨の軽きリズムを新しき傘に聞きつつ汝《な》に会ひに行く
神奈川県　岩﨑幸子

トルストイの民話読みたる春の午後父の匂ひのページに眠る
神奈川県　大矢節子

朗読は春の章へと入りたりそのやうに君と繫がつてゆく
群馬県　里見佳保

トンネルのむかうにみえる僕の春かすかなれどもいつか我が手に
大阪府　中迫克公

平成十五年 歌会始

お題

「町」

御製

我が国の旅重ねきて思ふかな年経る毎に町はととのふ

皇后宮御歌

ひと時の幸分《さち》かつがに人びとの佇《たたず》むゆふべ町に花ふる

オックスフォードのわが学び舎に向かふ時ゆふべの鐘は町にひびけり　東宮

いちやう並木あゆみてであふ町びとにみどり児は顔ゑみてこたふる　東宮妃

暮し映す合掌造りの町並を見つつ歩めり妹《いも》と吾子らと　文仁親王

すずかけは夏陽にてりてあをあをと町ゆく人の上に影なす　文仁親王妃紀子

音すべてやみたるごとし北国《きたぐに》の町にしんしんと積もりゆく雪　清子内親王

遠く見ゆる八甲田山は雪白く青森の町に木枯しの吹く　正仁親王

町なかの花屋の店にあふれつつ春つぐるはなの色あたたかし　正仁親王妃華子

古き家軒をつらねて並びたる京の町並なつかしくして

宣仁親王妃喜久子

・召人

今もなほ殿と呼ばるることありてこの城下町にわれ老いにけり　酒井忠明

・選者

町といふことばはやさしふるさとの見知らぬ人にふと立ちどまる　武川忠一

楠若葉はやくれなゐに炎ゆるなり城下しばらく男《を》の町なれば　安永蕗子

街川の瀬に立ちならぶゆりかもめ紅《くれなゐ》の脚に冬日さしくる　岡野弘彦

対岸の街に生《あ》れたる鐘の音のイザール川をわたるときのま　岡井　隆

ふるさとは海辺の町の小さき駅少年老いて再会約す　島田修二

・選歌（詠進者生年月日順）

わが街の大河にかかる新しき橋に新しき年の雪降る　新潟県　丸山　一

街川を鰡のひと群ひしめきてのぼり来る見ゆ汽水を分けて　神奈川県　岩間　旭

峠より見さくる町のわが家のあたりしづかに入り日を返す　福島県　武島常四郎

自らも発光しつつ煌ける街を照らして満月昇る　山口県　久保田幸子

夜をこめて町のいくつを走り過ぐ宗谷岬の風に遇ふまで　北海道　奥泉一子

対岸の温かさうな街あかり今宵は霧に繭のごと見ゆ　茨城県　野村喜義

坂のある町が好きだと言ふ君の声柔らかく耳に響けり　群馬県　関　弘子

ふとわが名呼ばれし気持ちに振り返る路面電車の走るこの町　岐阜県　水野直美

君が住むただそれだけで愛《いと》しくてあなたの街と呼びて親しむ　三重県　岡本　恵

夕闇が僕の体を押してくる光へ走る夕暮れの街　大阪府　鈴木文也

平成十六年 歌会始

お題

「幸」

御製

人々の幸願ひつつ国の内めぐりきたりて十五年経つ

皇后宮御歌

幸《さき》くませ真幸《まさき》くませと人びとの声渡りゆく御幸《みゆき》の町に

すこやかに育つ幼なを抱きつつ幸おほかれとわが祈るなり

東宮

寝入る前かたらひすごすひと時の吾子の笑顔は幸せに満つ

東宮妃

白神のぶなの林にわが聞きし山幸護る智恵の豊けさ

文仁親王

藻場まもる国崎《くざき》の海女《あま》ら晴ればれと得し海幸をわれに示せり

文仁親王妃紀子

またひとり見上げて笑《ゑ》まふつゆの間のひとときの幸《さち》大き虹いづ

清子内親王

手足のわざままならぬ子ら見まもりて幸おほかれとわが祈るなり

正仁親王

家族みななごみ笑まへる汽車の旅ここに幸ありと見つつたのしき

正仁親王妃華子

大漁旗風にはためき海の幸のせて今しも船かへり来る

崇仁親王妃百合子

振袖をきよそひて立つ娘ら《こ》二人幸おほかれとわが祈るなり

寛仁親王妃信子

木もれ日に風かよふ朝君とゐし身の幸《さいはひ》のよみがへりくる

憲仁親王妃久子

・召人

いとけなき日のマドンナの幸《さつ》ちやんも孫三《み》たりとぞe《イー》メイル来る　大岡　信

・選者

ふかぶかと礼することの幸せに揺れてしばらく秋草のなか　安永蕗子

人みなのおのが幸《さち》さち詠みいでしうた選びをへ年あらたまる　岡野弘彦

朝暾《てうとん》は雲を灼《や》きつつ差して来ぬ幸せのやうにすこしおくれて　岡井　隆

見はるかすうなさかあをく道なして諸びと幸くとはに平和なれ　島田修二

しら梅はしづかに時を巻きもどすかの幸《さきは》ひに君と子を率《ゐ》て　永田和宏

・選歌（詠進者生年月日順）

頷けば足らふ八十路の幸せに夫の視野へ挿す花蘇芳　兵庫県　金森美智子

授かりし羽その幸を乱れ飛ぶひらりきらりとおほむらさきは　愛知県　南部茂樹

まだ花も貴女もわかり幸せと盲《し》ひゆく母の哀しみは澄む　熊本県　森田良子

幸せが一歩の先にあるごとく駿馬生き生き耕してゆく　ブラジル国パラナ州　間嶋正典

一本の樹となりてあれ幸せは春の大地を濡らしゆく雨　宮城県　大和昭彦

夢に来ていま幸せかと問ひ給ふ母の若さの眩しかりけり　埼玉県　岡部すず子

一人居る幸せもありひとりなる淋しさもありて子と離り住む　福岡県　赤司芳子

鳥語木語さきはふ村の朝山に鉈研ぐ杉はいま伸びざかり　岡山県　藤原廣之

人の世の幸《さち》みまもりし盧舎那仏《るしゃなぶつ》その大屋根に月さえにけり　奈良県　東庄日出子

彼と手をつなげることが幸せでいつも私が先に手のばす　大阪府　松本みゆ

平成十七年 歌会始

お題

「歩み」

御製

戦《いくさ》なき世を歩みきて思ひ出づかの難《かた》き日を生きし人々　※

皇后宮御歌

風通ふあしたの小径《こみち》歩みゆく癒えざるも君清《すが》しくまして

※　本年は終戦六十年をむかえるが、この御製は、六十年前、さきの大戦のために筆舌に尽くしがたい苦難の日々を生きた人々に思いを馳せて詠まれたものである

頂きにたどる尾根道ふりかへりわがかさね来し歩み思へり
東宮

紅葉ふかき園生の道を親子三人なごみ歩めば心癒えゆく
東宮妃

頂へ登り行く道歩みとめ山高く咲く花を愛でたり
文仁親王

みちびかれ富良野の森を歩む子ら高だかとのびし木々におどろく
文仁親王妃紀子

新しき一日《ひとひ》をけふも重ねたまふたゆまずましし長き御歩《みあゆ》み
清子内親王

夏の日に那須高原の木々の間を歩みてゆけばえぞぜみの鳴く
正仁親王

熱《あつ》き日のオリーブ林歩みきてアクロポリスの丘にたたずむ
正仁親王妃華子

をさな子は歩みたしかになりゆきてはづむが如く青芝を行く

崇仁親王妃百合子

もみぢ濃き雲場の池のほとり歩む秋の陽ざしのしづかなる午后

寛仁親王妃信子

春雨に濡るる目白の桜のみち友と新しき歩み踏み出す

彬子女王

わが歩みみちびきませと夫《せ》の宮に日々ねがひつつ二年《ふたとせ》を経ぬ

憲仁親王妃久子

・召人

老の歩みとどめて仰ぐ朝の空いまこの思ひを大切にして　渡邉弘一郎

・選者

冬の空ことなく晴れて北を指すひとり歩みも白雲《はくうん》のした　安永蕗子

谷ふかく人歩み入る道みえてふるさとの山の春しづかなり　岡野弘彦

微笑みてわれを待つ人のあるごとし歩幅大きく朝の道ゆく　岡井　隆

ゆつたりと風の歩みの見えながら岬に遠き風車がまはる　永田和宏

・選歌（詠進者生年月日順）

アマゾンに七十年の我が歩み大旱《おほひでり》に遭ひ洪水に遭ふ　ブラジル国パラー州　原田清子

病室を歩む足音ひそやかに歪む毛布を叩きて去れり　熊本県　穴井京司

少しづつ歩幅を拡げ歩みをりけふはマロニエの咲く道に来ぬ　長野県　川上みよ子

稲妻の照らす棚田を水洩れの音探りては父と歩みき　長野県　丸山健三

雪とけて塗りかへられし白線の横断歩道を子ら渡りゆく　長野県　木内重秋

手話交はす少女二人が図書館車に紋白蝶と歩みくるなり　山口県　森元英子

をとりとも友とも書きて鮎を売る灯暗き村に歩み入りにき　山梨県　深澤完興

ゆるやかなリズム刻みて里川の水の歩幅に水車は回る　鹿児島県　室之園てるみ

立ちもせず歩きもしない吾が足を物の如くに引き寄せるなり　福島県　森　源子

いつもよりゆつくり歩く帰り道二人の影がだんだんのびる　大阪府　中田久美子

平成十八年 歌会始

お題

「笑み」

御製

トロンハイムの運河を行けば家々の窓より人ら笑みて手を振る　※

皇后宮御歌

笑み交《か》はしやがて涙のわきいづる復興なりし街を行きつつ　※※

※　ノルウェー御訪問のことをお詠みになったもの

※※　復興状況視察のための兵庫県御訪問のことをお詠みになったもの

いとけなき吾子の笑まひにいやされつ子らの安けき世をねがふなり　東宮

輪の中のひとり笑へばまたひとり幼なの笑ひひろがりてゆく　東宮妃

人々が笑みを湛へて見送りしこふのとり今空に羽ばたく　文仁親王

飛びたちて大空にまふこふのとり仰ぎてをれば笑み栄えくる　文仁親王妃紀子

わが手より放すてふてふを見あげつつエルサルバドルの子と笑み交はす　正仁親王

飛行場にむかふる人の面《おも》の笑み長旅のあとの心やすらぐ　正仁親王妃華子

みどり児は何を夢みる乳たりてねむりながらもほほゑみにけり　崇仁親王妃百合子

笑み忘れすごせし日々の苦しさをたすけたまへる君あたたかき

寛仁親王妃信子

笑みをもて見守り給ひし子ら三人《みたり》のしぐさ日に日に大人めきたり

憲仁親王妃久子

・召人

やはらかき春の日差しに笑まふなる小さき草の花見むと思へや　森岡貞香

・選者

春の雪ましろに降れば火の山の阿蘇の煙も笑むがにゆらぐ　安永蕗子

天の戸をあなおもしろと分け出でし神の笑まひに世はまかがやく　岡野弘彦

辿り来し道のはたての雪明かりおのづからわが笑みて立つべし　岡井　隆

春の日にわらわらゐまふ伎楽面呵呵大笑を聞くごとくゐる　篠　弘

笑ふ兎笑ふ蛙やほうほうと鳥獣戯画に秋風の立つ　永田和宏

・選歌（詠進者生年月日順）

鏡見て笑ふ稽古をするといふ仕事であればきびしからむか　徳島県　藤川浅太郎

宇豆賣《うづめ》舞ひどよめき上る笑ひ声天の磐戸は開かれにけり　福井県　武曽豊美

面白きところを読みてゐるならん本を読む子の目が笑みてゐる　山口県　中西輝磨

おほどかに笑みこぼしゐる田ノ神を水にうつして田植ゑ始まる　鹿児島県　福満　薫

子どものましてや老いの笑まふ顔ひとつもあらず古きアルバム　東京都　醍醐　和

われ笑めば母も笑まひぬおほかたの過ぎ来し日々は忘じ給ふに　高知県　安光セツ子

赤とんぼ群れ飛ぶ秋のまん中へ母の笑顔を押す車椅子　茨城県　出頭寛一

定年の日に水族館を訪ねきて鱏《えひ》の微笑み見上げてをりぬ　東京都　松本秀三郎

ぎこちなく笑ふことから始まれり仲直りせし朝の食卓　岡山県　岩藤由美子

電話鳴り出るたび笑みがこぼれだすまだ言ひ慣れないあなたの苗字　東京都　桧山多代

平成十九年 歌会始

お題 「月」

御製

務め終へ歩み速めて帰るみち月の光は白く照らせり

皇后宮御歌

年ごとに月の在《あ》りどを確かむる歳旦祭《さいたんさい》に君を送りて

降りそそぐ月の光に照らされて雪の原野の木むら浮かびく

東宮

月見たしといふ幼な子の手をとりて出でたる庭に月あかくさす

東宮妃

モンゴルを走る列車の車窓より見えし満月大地照らせり

文仁親王

月てらす夜半の病舎にいとけなき子らの命を人らまもれり

文仁親王妃紀子

望月の光あまねき草生《くさふ》よりかねたたきの声しづかに聞こゆ

正仁親王

をとめらは夏の祭りのゆかた着て月あかりする山の路ゆく

正仁親王妃華子

ならび立つ樹氷を青く照らしつつ蔵王《ざわう》の山に月のぼりたり

崇仁親王妃百合子

澄みわたる月の光をあふぎみて今の世思ひ次の世を思ふ

寛仁親王妃信子

知床の月のひかりに照らされて梢にとまるしまふくろふ見ゆ

憲仁親王妃久子

・召人

天の原かがやき渡るこの月を異境にひとり君見つらむか　大津留温

・選者

湖に浮きていさよふ円月を遠く見てゆく冬ふかきかな　安永蕗子

望月は海原たかくまかがやき伊豆の七つの島さやかなり　岡野弘彦

月はしづかに天心に浮き足早に歩くわれらを見守らむとす　岡井　隆

路上なる古本祭りつづきゐて夕空は朱の月をかかげつ　篠　弘

夕月を肩に押し上げ静かなる雪の比叡を見つつ帰らな　永田和宏

・選歌（詠進者生年月日順）

有明けの月照る畑に総出して出荷のアスター千本を切る　岡山県　高原康子

黒板に大き三日月吊されて園児らはいまし昼寝のさなか　愛知県　奥村道子

台風に倒れし稲架《はさ》を組みなほし稲束を掛く月のあかりに　徳島県　金川允子

月光をたよりて屋根の雪をきる音かすかして子の丈みえず　秋田県　田村伊智子

弓張の月のかたぶくころほひに携帯メールはひそやかに来ぬ　広島県　杉田加代子

サハリンを望む丘のうへ放牧の牛千頭を照らす満月　北海道　藤林正則

映像に見し月山の朝のあめ昼すぎてわが町に移り来　秋田県　山中律雄

月の庭蒼き梢に目守られて昨日となる今日今日となる明日　東京都　藤田博子

実験のうまくゆかぬ日五ケ月の胎児動きてわれを励ます　東京都　一杉定恵

帰省した兄とボールを蹴りに行く土手一面に月見草咲く　大阪府　吉田敬太

平成二十年 歌会始

お題

「火」

御製

炬火台に火は燃え盛り彼方なる林は秋の色を帯び初む　※

皇后宮御歌

灯火《ひ》を振れば彼方の明かり共に揺れ旅行《ゆ》くひと日夜《よる》に入りゆく

※国民体育大会の開会式で秋田県御訪問のことをお詠みになったもの

蒼《あを》き水たたふる阿蘇の火口より噴煙はのぼる身にひびきつつ
東宮

ともさるる燭の火六つ顔ひこめ吹きて幼なの笑みひろがれり
東宮妃

囲炉裏の火見つつ話を聞くときに心ときめく古老らの智に
文仁親王

夕闇にかがり火あかくてらしたる鵜匠は手縄かろらかにひく
文仁親王妃紀子

新嘗の篝火の火は赤や黄となりてとびちり闇を照らしぬ
正仁親王

しづもれる宮居の杜の夕つ方かがり火たきて御《み》祭をまつ
正仁親王妃華子

萌えいづるものをたのみて山やきの火はたちまちにひろごりてゆく
崇仁親王妃百合子

暮れそめし賢所《かしこどころ》の大前に衛士の焚く火の清らかに燃ゆ

憲仁親王妃久子

・召人

栲領巾《たくひれ》のましろき尉《じよう》をまとひたる囲炉裏火ぬくし夜のほどろを

宮　英子

・選者

世の始めに火を生みいでてかうかうと面《おも》かがやく若きみ母神《おやがみ》

岡野弘彦

小さなる火を育てつつ守るときこころの部屋のあたたまり来る

岡井　隆

音たてて指先に火の揺れ出づる銀のライターいかになりけむ

篠　弘

迎へ火は今年も焚かず父母はみづからともる蛍であらう

三枝昻之

火の匂ひかすかただよふ夕暮れを浮力まとひて雪虫は飛ぶ

永田和宏

・選歌（詠進者生年月日順）

しんしんと雪降る空にとどろきて進水式の花火は上る　山口県　魚本マスヱ

田づくりも今宵かぎりと焼く藁の赤き火見つむ妻と並びて　青森県　中村正行

晩秋の牧場の地平に野火走り一千頭の牛追はれくる　ブラジル国サンパウロ州　渡辺　光

嫁ぎ来て五十年仰ぐ送り火がこの夏も燃ゆ大の字に燃ゆ　京都府　浅野達子

海峡の沖に群れゐる漁火の一つ静かに移動はじめつ　北海道　西里喜久男

二〇〇〇度の高炉より出で圧延に入りたる鋼のなほ火炎《ほむら》だつ　大分県　山崎美智子

高窓に赤くつめたき火星きてローマ史最終巻をひもとく　愛媛県　岡田まみ

夜神楽の火は赤あかと燃え盛り大蛇の顔の迫り来るなり　島根県　吉田友香

火の中にかすかに見えるものがあるそれはいつもとちがふ風景　大阪府　宮川寛規

一人見る花火はさびしいものだよと赴任の地から父は電話す　佐賀県　田中雅邦

平成二十一年歌会始

お題「生」

御製

生きものの織りなして生くる様《さま》見つつ皇居に住みて十五年経《へ》ぬ

皇后宮御歌

生命《いのち》あるもののかなしさ早春の光のなかに揺り蚊《ユスリカ》の舞ふ

水もなきアラビアの砂漠に生え出でし草花の生命《いのち》たくましきかな
東宮

制服のあかきネクタイ胸にとめ一年生に吾子はなりたり
東宮妃

大空に放たれし朱鷺新たなる生活求《と》めて野へと飛びゆく
文仁親王

地震《なゐ》うけし地域の人らの支へあひ生きる姿に励まされたり
文仁親王妃紀子

あかとんぼ生受けし池に戻り来ぬ木々もみぢする秋晴れの日に
正仁親王

生命《いのち》とは人の道なりと医師はいふ触診をする眼《まなこ》きびしく
正仁親王妃華子

生かされしいのち畏《かしこ》みかりの世を八十年《やそとせ》あまりはるけくも来し
崇仁親王妃百合子

うつし絵の君が微笑みにささへられみ心継ぎて生きむとぞ思ふ

憲仁親王妃久子

わが生《あ》れし街に見知らぬビル建ちて帰り来しわれの少しとまどふ

承子女王

地に生ふるたんぽぽ見遣る幼子の笑顔を見ては我も微笑む

典子女王

・召人

陽に染まる飛魚の羽きらきらし海中《わたなか》に春の潮《うしほ》生れて　谷川健一

・選者

野の草の騒立ちやまぬたましひも我が生きてある証《あかし》とおもふ　岡井　隆

われよりも生き長らへむ古書店にわが若書きの小著が並ぶ　篠　弘

この丘に生きるものみないとほしく木の実がこぼれ茶の花が咲く　三枝昂之

母がまだ生きゐし頃のこゑがする日向に出でてはいと振りむく　河野裕子

生きてあるわが身の冷えはゆふぐれの柿の古木の火《ほ》めきに凭《もた》る　永田和宏

・選歌（詠進者生年月日順）

ほのぐらき倉庫の隅に生きつづく古古米二百俵の穀温はかる　青森県　中村正行

「麦の種子《たね》蒔《ま》き終へたり」と日記書く今日を生きたる今日の一行　東京都　亀岡純一

梅雨晴れて校舎の窓の開《あ》くが見ゆ一年生は椅子に慣れしや　山形県　木村克子

角膜は賜はりしもの今日よりはふたつの生を生きむと思ふ　栃木県　阿久津照子

エタノール生産工場中《なか》にして甘蔗畑の四方《よも》に延びゆく　ブラジル国サンタカタリーナ州　筒井　惇

竹筒にらふそく灯り大地震《おほなゐ》の生者と死者は共に集へり　神奈川県　水口伸生

大空に春の余白を生みながら雲のひとつとなる飛行船　埼玉県　菅野耕平

生命《いのち》とはあたたかきもの採血のガラスはかすかにくもりを帯びぬ　千葉県　出口由美

夕凪のなか走り出す僕が生む向かひ風受けまた加速する　千葉県　丸山翔平

熱線の人がたの影くつきりと生きてる僕の影だけ動く　福岡県　北川　光

平成二十二年 歌会始

お題 「光」

御製

木漏れ日の光を受けて落ち葉敷く小道の真中《まなか》草青みたり

皇后宮御歌

君とゆく道の果たての遠白《とほしろ》く夕暮れてなほ光あるらし

雲の上《へ》に太陽の光はいできたり富士の山はだ赤く照らせり

東宮

池の面に立つさざ波は冬の日の光をうけて明かくきらめく

東宮妃

イグアスの蛍は数多《あまた》光りつつ散り交《か》ふ影は星の如くに

文仁親王

早春の光さやけく木々の間に咲きそめにけるかたかごの花

文仁親王妃紀子

父君に夜露の中をみ供してみ園生を行けば蛍光りぬ

正仁親王

大記録なししイチローのその知らせ希望の光を子らにあたへむ

正仁親王妃華子

雪《ゆき》はれし富良野の宿の朝の窓ダイヤモンドダストのきらめき光る

崇仁親王妃百合子

北極の空に色づくオーロラの光の舞ふを背の宮と見し

憲仁親王妃久子

黄金《わうごん》に光り輝く並木道笑顔の友の吐く息白く

承子女王

葉の上にぽつりと残る雨粒に雲間より差す光ひとすぢ

典子女王

・召人

夕空に赤き光をたもちつつ雲ゆつくりと廣がりてゆく　武川忠一

・選者

光あればかならず影の寄りそふを肯《うべな》ひながら老いゆくわれは　岡井　隆

金箔の光る背文字に声掛けて朝の書斎へはひりきたりつ　篠　弘

あたらしき一歩をわれに促して山河は春へ光をふくむ　三枝昂之

白梅《しらうめ》に光さし添ひすぎゆきし歳月の中にも咲ける白梅　河野裕子

ゆつくりと風に光をまぜながら岬の端《はな》に風車はまはる　永田和宏

・選歌（詠進者生年月日順）

燈台の光見ゆとの報告に一際高し了解の聲　東京都　古川信行

選果機のベルトに乗りし我がみかん光センサーが糖度を示す　静岡県　小川健二

冬晴れの谷川岳の耳二つ虚空に白き光をはなつ　群馬県　笛木力三郎

前照灯の光のなかに雪の降り始発列車は我が合図待つ　北海道　西出欣司

梅雨晴れの光くまなくそそぐ田に五指深く入れ地温はかれり　兵庫県　玉川朱美

焼きつくす光の記憶の消ゆる日のあれよとおもひあるなと思ふ　長野県　久保田幸枝

我が面は光に向きてゐるらしき近づきて息子《こ》はシャッターを押す　大阪府　森脇洲子

あをあをとしたたる光三輪山に満ちて世界は夏とよばれる　東京都　野上　卓

藍甕に浸して絞るわたの糸光にかざすとき匂ひ立つ　福岡県　松枝哲哉

雲間より光射しくる中空へ百畳大凧揚がり鎮まる　京都府　後藤正樹

平成二十三年　歌会始

お題

「葉」

御製

五十年《いそとせ》の祝ひの年に共に蒔きし白樺の葉に暑き日の射す

皇后宮御歌

おほかたの枯葉は枝に残りつつ今日まんさくの花ひとつ咲く

紅葉《もみぢ》する深山《みやま》に入りてたたずめば木々の葉ゆらす風の音《と》聞こゆ

東宮

吹く風に舞ふいちやうの葉秋の日を表に裏に浴びてかがやく

東宮妃

山峡《やまかひ》に直《すぐ》に立ちたる青松の嫋やかなる葉に清《さや》けさ覚ゆ

文仁親王

天蚕《やままゆ》はまてばしひの葉につつまれてうすき緑の繭をつむげり

文仁親王妃紀子

中庭のにしきぎの葉は赤々と朝の光に燃えるがごとし

正仁親王

新年のおせち料理にそへてもる南天の葉はひきたちてみゆ

正仁親王妃華子

ほどけしも巻葉《まきは》もありて今年竹《ことしだけ》みどりさやかにゆれやまぬかな

崇仁親王妃百合子

手に取りし青きさかき葉眼にしみて我が学び舎に想ひはせたり　彬子女王

新年《にひどし》にめでたく飾る楪《ゆづりは》の葉に若きらの夢たくしたり　憲仁親王妃久子

葉脈のしをり見つけし古き本思ひではめぐる初等科時代に　承子女王

雲のなき冬空さえて行く人の落ち葉ふむ音さやかに聞こゆ　典子女王

風吹きてはらはらと舞ふ落葉手に母への土産と喜ぶをさな　絢子女王

・召人

山茶花の白を愛した母思《も》へば葉と葉のあひのつぼみ豊けし　安永蕗子

・選者

銀杏《いちやう》落葉ふかくつもれる坂道をのぼりて行かな明日の日のため　岡井　隆

白樺の若葉をぬらす昼しぐれ書き出さむわがことば立ちくる　篠　弘

哀楽の年々を積みあゆみゆく銀杏並木の今年の黄葉　三枝昂之

青葉木菟《あをばづく》が鳴いてゐるよと告げたきに告げて応ふる人はあらずも　永田和宏

・選歌（詠進者生年月日順）

夕凪ぎを柿の若葉に確かめて灰七十キロ無事に撒き終ふ　鳥取県　森本由子

電源を入れよと妻に声かけてわさびの苗葉に液肥を放つ　兵庫県　井上正一

草の葉の切れ端のこるシャワー室妻は夏日の草を刈りしか　山口県　岡本義明

妻の里丹波の村の山椿カナダに生ひて葉をひろげゆく　カナダ国ブリティッシュコロンビア州　粟津三壽

一字一字指しつつ読みぬ木簡の万葉仮名の「皮《は》留《る》久《く》佐《さ》乃《の》皮《は》斯《じ》米《め》」　茨城県　丹波陽子

背丈より百葉箱の高きころ四季は静かに人と巡りき　東京都　吉竹　純

ささやかな悲しみあれば水底に木の葉が届くまで待ちゐたり　東京都　上田真司

霜ひかる朴葉拾ひて見渡せば散りしものらへ陽の差す時刻　京都府　桑原亮子

駐輪場かごに紅葉をつけてゐるきみの隣に止める自転車　静岡県　中村玖見

「大丈夫」この言葉だけ言ふ君の不安を最初に気づいてあげたい　兵庫県　大西春花

平成二十四年 歌会始

お題

「岸」

御製

津波来《こ》し時の岸辺は如何なりしと見下ろす海は青く静まる　※

皇后宮御歌

帰り来るを立ちて待てるに季《とき》のなく岸とふ文字を歳時記に見ず

※　被災地お見舞いのための岩手県御訪問のことをお詠みになったもの

朝まだき十和田湖岸におりたてばはるかに黒き八甲田見ゆ

東宮

春あさき林あゆめば仁田沼の岸辺に群れてみづばせう咲く

東宮妃

湧水《ゆうすい》の戻りし川の岸辺より魚影《ぎよえい》を見つつ人ら嬉しむ

文仁親王

難《かた》き日々の思ひわかちて沿岸と内陸の人らたづさへ生くる

文仁親王妃紀子

人々の想ひ託されし遷宮の大木《たいぼく》岸にたどり着きけり

眞子内親王

海草《うみくさ》は岸によせくる波にゆらぎ浮きては沈み流れ行くなり

正仁親王

被災地の復興ねがひ東北の岸べに花火はじまらむとす

正仁親王妃華子

今宵《こよひ》揚《あ》ぐる花火の仕度《したく》始まりぬ九頭竜川の岸の川原に

崇仁親王妃百合子

大文字の頂に立ちて見る炎みたま送りの岸となりしか

彬子女王

福寿草ゆきまだ残る斐伊川の岸辺に咲けり陽だまりの中

憲仁親王妃久子

紅葉の美《は》しき赤坂の菖蒲池岸辺に輝く翡翠《かはせみ》の青

承子女王

対岸の山肌覆ふもみぢ葉は水面の色をあかく染めたり

典子女王

海原をすすむ和船の遠き影岸に座りてしばし眺むる

絢子女王

・召人

雲浮ぶ波音高き岸の辺に菫咲くなり春を迎へて　堤　清二

・選者

いのちありてふたたびドナウ源流の岸べをゆきし旅をしぞ思ふ　岡井　隆

かはらざりし北上川に花びらが岸のほとりの早瀬を走る　篠　弘

なほ朽ちぬこころざしありふるさとの岸辺に灯る甲州百目　三枝昂之

舫ひ解けて静かに岸を離れゆく舟あり人に恋ひつつあれば　永田和宏

源は雲立てる山ゆつくりと流るる川の岸辺をあゆむ　内藤　明

・選歌（詠進者生年月日順）

いわきより北へと向かふ日を待ちて常磐線は海岸を行く　茨城県　寺門龍一

対岸の街の明かりのほの見えて隠岐の入り江の静かなる夜　埼玉県　佐藤洋子

相馬市の海岸近くの避難所に吾子ゐるを知り三日眠れず　奈良県　山﨑孝次郎

ほのぼのと河岸段丘に朝日さしメガソーラーはかがやき始む　長野県　小林勝人

しほとんぼ追うて岸辺をかける子らつういつういと空はさびしい　大阪府　山地あい子

春浅き海岸に咲く菜の花を介護のバスが一回りせり　千葉県　宮野俊洋

子らは浴み岸辺に牛が草を食《は》むこその我らが地雷処理跡　カンボジア国プノンペン都　渡邉榮樹

とび石の亀の甲羅を踏みわたる対岸にながく夫を待たせて　京都府　大石悦子

巻き戻すことのできない現実がずつしり重き海岸通り　福島県　澤邊裕栄子

岸辺から手を振る君に振りかへすけれど夕日で君がみえない　大阪府　伊藤可奈

平成二十五年 歌会始

お題

「立」

御製

万座毛《まんざもう》に昔をしのび巡り行けば彼方恩納《あがたおんな》岳さやに立ちたり

※

皇后宮御歌

天地《あめつち》にきざし来たれるものありて君が春野に立たす日近し

※ 全国豊かな海づくり大会で沖縄県御訪問のことをお詠みになったもの

幾人の巣立てる子らを見守りし大公孫樹の木は学び舎に立つ

東宮

十一年前吾子の生れたる師走の夜立待ち月はあかく照りたり

東宮妃

立山にて姿を見たる雷鳥の穏やかな様に心和めり

文仁親王

凜として立つ園児らの歌ごゑは冬日の部屋にあかるくひびく

文仁親王妃紀子

蕗のたう竹籠もちて摘みゆけばわが手の平に香り立ちきぬ

正仁親王妃華子

俄かにも雲立ち渡る山なみのをちに光れりつよき稲妻

崇仁親王妃百合子

冬晴れの雲なき空にそびえ立つ雪の大山いともさやけき

憲仁親王妃久子

立ちどまり募金箱へと背伸びする小さな君の大きな気持
承子女王

庭すみにひそやかに立つ寒椿朝のひかりに花の色濃く
典子女王

冴えわたる冬晴れの朝畦道にきらきら光る霜柱立つ
絢子女王

・召人

伊勢の宮み代のさかえと立たすなり岩根《いはね》にとどく心《しん》のみ柱　岡野弘彦

・選者

やうやくに行方見え来てためらひの泥よりわれは立ち上がりたり　岡井　隆

ゆだぬれば事決まりゆく先見えて次の会議へ席立たむとす　篠　弘

すずかけは冬の木立に還りたりまた新しき空を抱くため　三枝昂之

百年ばかり寝すごしちまつた頸《くび》を立て亀は春陽に薄き眸《め》を開《あ》く　永田和宏

遠き日の雨と光を身に湛へ銀杏大樹はビルの間に立つ　内藤　明

・選歌（詠進者生年月日順）

羽搏きて白鳥の群れとび立てり呼び合ふ声を空へひろげて　北海道　佐藤マサ子

ほの白く慈姑《くわゐ》の花の匂ふ朝明日刈る稲の畦に立ちをり　埼玉県　若谷政夫

自画像はいまだに未完立て掛けたイーゼル越しの窓が春めく　静岡県　青木信一

何度目の雪下しかと訊ねられ息をととのへ降る雪に立つ　新潟県　宮澤房良

いつせいに蚕は赤き頭立て糸吐く刻をひたすらに待つ　群馬県　鬼形輝雄

吹く風に向へば力得るやうな竜飛岬の海風に立つ　新潟県　髙橋健治

安達太良の馬の背に立ちはつ秋の空の青さをふかく吸ひ込む　福島県　金澤憲仁

ネクタイをゆるめず走る君の背を立ち止まらずに追ひかけるから　栃木県　川俣茉紀

人々が同じ時間に立ち止まり空を見上げた金環日食　大阪府　瀬利由貴乃

実は僕家でカエルを飼つてゐる夕立来るも鳴かないカエル　東京都　太田一毅

平成二十六年 歌会始

お題

「静」

御製

慰霊碑の先に広がる水俣の海青くして静かなりけり　※

皇后宮御歌

み遷《うつ》りの近き宮居に仕ふると瞳《ひとみ》静かに娘《こ》は言ひて発《た》つ

※　全国豊かな海づくり大会で熊本県御訪問のことをお詠みになったもの

御社の静けき中に聞え来る歌声ゆかし新嘗の祭

東宮

悲しみも包みこむごと釜石の海は静かに水たたへたり

東宮妃

数多なる人ら集ひし遷御の儀静けさの中御列《ぎよれつ》は進む

文仁親王

いくつものボビンを子らは繰《く》りながら静かにイドリアレースを編めり

文仁親王妃紀子

新雪の降りし英国の朝の道静けさ響くごとくありけり

眞子内親王

秋祭《あきまつり》君の挨拶を聞かむとし子供神輿の子らは静まる

正仁親王妃華子

思ひきや白寿の君と共にありてかくも静けき日々送るとは

崇仁親王妃百合子

わが君と過ごせし日々を想ひつつ静かにながるるときありがたき

寛仁親王妃信子

夏の夜に子らと集ひし大社《おほやしろ》静寂《しじま》の中に鈴の音聞きぬ

彬子女王

灯籠のあかりともれる回廊を心静かに我すすみゆく

憲仁親王妃久子

静けさをやぶる神社の鳥の声日の落ちてよりいづる三日月

承子女王

かすみゆく草原《くさはら》に立ち眺むればいとど身に沁む静けさのあり

典子女王

・召人

子も孫もきそひのぼりし泰山木暮《たいさんぼく》れゆく空に静もりて咲く　芳賀　徹

・選者

朝霧のながるるかなた静かなる邦あるらしも行きて住むべく　岡井　隆

一瞬の静もりありて夕駅へエスカレータは下《くだ》りに変はる　篠　弘

から松の針が零れる並木道みんな静かな暮しであつた　三枝昂之

歳月はその輪郭をあはくする静かに人は笑みてゐるとも　永田和宏

手に載せて穴より覗く瓢箪の静けき界に心はあそぶ　内藤　明

・選歌（詠進者生年月日順）

いなづまのまたひらめきし静かなる窓ひとつあり夜をひとりあり　愛知県　伊藤正彦

目の生れし魚の卵をレンズもて見守る実験室の静けさ　山口県　中西輝磨

おほいなる愛のこもれる腎ひとつ静かに収まる弟の身に　徳島県　藤本和代

プレートよ静かにしづかに今しがた生まれたひとりが乗らうとしてゐる　北海道　佐藤眞理子

ひとり住む母の暮しの静かなり父のセーター今日も着てをり　群馬県　山口啓子

嫁ぐ日の朝《あした》に母は賑やかに父は静かに食卓囲む　大阪府　前田直美

吾の名をきみが小さく呼捨てて静かに胸は揺らいでしまふ　福島県　冨塚真紀子

静けさを大事にできる君とならば何でもできる気がした真夏　東京都　樋口盛一

二人分焼いてしまつた食パンと静かな朝の濃いコロンビア　東京都　中島梨那

続かない話題と話題のすきまには君との距離が静かにあつた　新潟県　加藤光一

平成二十七年 歌会始

お題 「本」

御製

夕やみのせまる田に入り稔りたる稲の根本に鎌をあてがふ

皇后宮御歌

来《こ》し方《かた》に本とふ文《ふみ》の林ありてその下陰に幾度《いくど》いこひし

山あひの紅葉深まる学び舎に本読み聞かす声はさやけし　東宮

恩師より贈られし本ひもとけば若き学びの日々のなつかし　東宮妃

年久《としひさ》しく風月《ふげつ》の移ろひ見続けし一本の巨樹に思ひ巡らす　文仁親王

日系の若人かたりぬ日本へのあつき思ひと移民の暮らしを　文仁親王妃紀子

呼びかける声に気づかず一心に本を読みたる幼きわが日　眞子内親王

弟に本読み聞かせゐたる夜は旅する母を思ひてねむる　佳子内親王

新しき本の頁《ページ》をめくりつついづく迄読まむと時は過ぎゆく　正仁親王妃華子

松山に集ひし多くの若人の抱へる本は夢のあかしへ

寛仁親王妃信子

数多ある考古学の本に囲まれて積み重なりし年月思ふ

彬子女王

来客の知らせ来たりてゆつくりと読みさしの本に栞《しをり》入れたり

憲仁親王妃久子

霧立ちて紅葉の燃ゆる大池に鳥の音響く日本《にほん》の秋は

承子女王

・召人

緑陰に本を繰りつつわが呼吸《いき》と幸《さき》くあひあふ万の言の葉　春日真木子

・選者

送られし古本市のカタログに一冊を選《よ》るが慣ひとなりぬ　篠　弘

音読の声が生まれる一限目明日《あす》へ遠くへ本がいざなふ　三枝昂之

本棚の一段分にをさまりし一生《ひとよ》の量《かさ》をかなしみにけり　永田和宏

秋の気の音なく満ちて指先に起こしては繰る本こそが本　今野寿美

開かれて卓上にある一冊の本を囲みて夕餉《ゆふげ》のごとし　内藤　明

・選歌（詠進者生年月日順）

若き日に和本漁りぬ京の町目方で買ひし春の店先　奈良県　伊藤嘉啓

おさがりの本を持つ子はもたぬ子に見せて戦後の授業はじまる　新潟県　吉樂正雄

竹垣の露地に仕立てた数本の太藺《ふとゐ》ゆらして風わたりけり　愛知県　森　明美

大雪を片寄せ片寄せ一本の道を開けたり世と繋がりぬ　長野県　木下瑜美子

「あったよねこの本うちに」流された家の子が言ふ移動図書館　千葉県　平井敬子

本棚に百科事典の揃ひし日に父の戦後は不意に終はりぬ　埼玉県　森中香織

二人して荷解き終へた新居には同じ二冊が並ぶ本棚　茨城県　五十嵐裕治

雉さんのあたりで遠のく母の声いつも渡れぬ鬼のすむ島　神奈川県　古川文良

暑い夏坂を下ればあの本のあの子みたいに君はゐるのか　岡山県　中川真望子

この本に全てがつまつてるわけぢやないだから私が続きを生きる　神奈川県　小林理央

平成二十八年 歌会始

お題 「人」

御製

戦ひにあまたの人の失せしとふ島緑にて海に横たふ　※

皇后宮御歌

夕茜《ゆふあかね》に入りゆく一機若き日の吾《あ》がごとく行く旅人やある

※　パラオ共和国御訪問のことをお詠みになったもの

スペインの小さき町に響きたる人々の唱ふ復興の歌

東宮

ふるさとの復興願ひて語りあふ若人たちのまなざしは澄む

東宮妃

日系の人らと語り感じたり外つ国に見る郷里の心

文仁親王

海わたりこのブラジルに住みし人の詩歌《しいか》に託す思ひさまざま

文仁親王妃紀子

広がりし苔《こけ》の緑のやはらかく人々のこめし思ひ伝はる

眞子内親王

若人が力を合はせ創りだす舞台の上から思ひ伝はる

佳子内親王

人と人思はぬ出会ひに生涯の良き友となり師ともなりなむ

正仁親王妃華子

東北の再会かなへし人々の笑みと涙に心やすらけく

寛仁親王妃信子

百歳をむかへたまひし祖父宮に導かれこし人生の道

彬子女王

「げんきです　やまこし」といふ人文字を作りし人ら健やかであれ

憲仁親王妃久子

鳥たちの声に重なる原宿の人の気配と日暮の合図

承子女王

出雲路へ集ひし人の願ひ事縁の行方は神のみが知る

絢子女王

・召人

駅出《い》でて交差路わたる人の群あたたかき冬の朝の香放つ　尾崎左永子

・選者

集団をたえず動かしつづけきてことば穏《おだ》しき人となりくる　篠　弘

一対の脚が踏ん張る大地あり季節違《たが》はず種を蒔く人　三枝昻之

二人ゐて楽しい筈の人生の筈がわたしを置いて去りにき　永田和宏

いにしへのおほいにしへの大人《うし》たちもほほづゑに月見る夜ありけむ　今野寿美

指の跡しるく残れる篠笛《しのぶえ》を吹きて遥けき人呼ぶごとし　内藤　明

・選歌（詠進者生年月日順）

休憩所の日向に手袋干しならべ除染の人らしばし昼寝す　福島県　菊地イネ

野の萩をコップに挿して病棟に人ら坐れば月は昇りぬ　宮城県　柴田和子

橅《ぶな》植ゑて百年待つといふ人の百年間は楽しと思へり　長野県　木内かず子

人知れず献体手続してをりぬ伯母を見送るくんちの街に　長崎県　渡部誠一郎

二手にと人は分かれて放牧の阿蘇の草原に野火を走らす　大分県　佐藤政俊

彼等とのつきあひ方と人のごとく語られてゐる人工知能　神奈川県　内田しず江

かぎろひの春の手習ひ人の字は左右にゆつくりはらつてごらん　香川県　大林しずの

一人でも平気と吾子が駆けてゆき金木犀《きんもくせい》は香りはじめる　埼玉県　中込有美

雨上がり人差し指で穴をあけ春の地球に種を蒔きたり　東京都　髙橋千恵

日焼けした背中の色がさめる頃友達四人の距離変化する　新潟県　内山遼太

平成二十九年　歌会始

お題

「野」

御製

邯鄲《かんたん》の鳴く音《ね》聞かむと那須の野に集《つど》ひし夜《よる》をなつかしみ思ふ

皇后宮御歌

土筆《つくし》摘み野蒜《のびる》を引きてさながらに野にあるごとくここに住み来《こ》し

岩かげにしたたり落つる山の水大河となりて野を流れゆく

東宮

那須の野を親子三人《みたり》で歩みつつ吾子《あこ》に教《をし》ふる秋の花の名

東宮妃

山腹《さんぷく》の野に放たれし野鶏《やけい》らは新たな暮らしを求め飛び行く

文仁親王

霧の立つ野辺山《のべやま》のあさ高原の野菜畑に人ら勤《いそ》しむ

文仁親王妃紀子

野間馬《のまうま》の小さき姿愛らしく蜜柑《みかん》運びし歴史を思ふ

眞子内親王

春の野にしろつめ草を摘みながら友と作りし花の冠

佳子内親王

野を越えて山道のぼり見はるかす那須野ヶ原に霞たなびく

正仁親王妃華子

・召人

葦茂る野に咲きのぼる沢桔梗《さはぎきやう》冴えたる碧《あを》に今年も逢へり　久保田淳

・選者

書くためにすべての資料揃ふるが慣ひとなりしきまじめ野郎　篠　弘

さざなみの関東平野よみがへり水張田《みはりだ》を風わたりゆくなり　三枝昂之

野に折りて挿されし花よ吾亦紅《われもかう》あの頃われの待たれてありき　永田和宏

月夜野《つきよの》の工房に立ちひとの吹くびーどろはいま炎《ひ》にほかならず　今野寿美

放たれて朝《あした》遥けき野を駆けるふるさと持たぬわが内の馬　内藤　明

・選歌（詠進者生年月日順）

如月《きさらぎ》の日はかげりつつ吹雪く野に山中《さんちゆう》和紙の楮《かうぞ》をさらす　岐阜県　政井繁之

歩みゆく秋日《あきひ》ゆたけき武蔵野に浅黄斑蝶《あさぎまだら》の旅を見送る　東京都　上田国博

宇宙より帰る人待つ広野には引力といふ地球のちから　長野県　小松美佐子

筆先に小さな春をひそませてふつくら画《ゑが》く里の野山を　千葉県　齋藤和子

手術野《しゆじゆつや》をおほふ布地は碧《あを》み帯び無菌操作の舞台整ふ　東京都　平田恭信

父が十野菜の名前言へるまで医師はカルテを書く手とめたり　東京都　西出和代

積み上げし瓦礫の丘に草むして一雨ごとに野に還りゆく　宮城県　角田正雄

友の手をとりてマニキュア塗る時に越後平野に降る雪静か　新潟県　山本英吏子

野原ならまつすぐ走つてゆけるのに満員電車で見つけた背中　東京都　鴨下　彩

夏野菜今しか出せない色がある僕には出せない茄子の紫　新潟県　杉本陽香里

平成三十年　歌会始

お題

「語」

御製

語りつつあしたの苑《その》を歩み行けば林の中にきんらんの咲く

皇后宮御歌

語るなく重きを負《お》ひし君が肩に早春の日差し静かにそそぐ

復興の住宅に移りし人々の語るを聞きつつ幸を祈れり

東宮

あたらしき住まひに入りて閖上《ゆりあげ》の人ら語れる希望のうれし

東宮妃

村人が語る話の端々《はしばし》に生業《なりはひ》の知恵豊かなるを知る

文仁親王

人びとの暮らしに寄りそふ保健師らの語る言葉にわれ学びけり

文仁親王妃紀子

パラグアイにて出会ひし日系のひとびとの語りし思ひ心に残る

眞子内親王

遠き日を語り給へる君の面《おも》いつしか和《なご》みほほゑみいます

正仁親王妃華子

我が君と夢で語りてなつかしきそのおもひでにほほぬれし我

寬仁親王妃信子

祖母宮《おほばみや》の紡がれたまふ宮中の昔語りは珠匣《しゆかふ》のごとく

彬子女王

学び舎《や》に友と集ひてそれぞれに歩みし四十年《よそとせ》語るは楽し

憲仁親王妃久子

友からの出張土産にひめゆりの塔の語り部をふと思ひ出づ

承子女王

気の置けぬ竹馬の友と語り合ふ理想の未来叶ふときあれ

絢子女王

・召人

語るべきことの数々溢れきて生きし昭和を書き泥《なづ》みゐる　黒井千次

・召人控

あらたまの空を仰げば連峰の近づきてくる語りあふがに　鷹羽狩行

・選者

街空に茜《あかね》は冴ゆれ語らむと席立ちあがるわが身の揺らぐ　篠　弘

語ることは繋ぎゆくこと満蒙《まんもう》といふ蜃気楼阿智村《あちむら》に聞く　三枝昂之

飲まうかと言へばすなはち始まりて語りて笑ひてあの頃のわれら　永田和宏

歌びとは心の昔に触れたくてたそがれ色の古語いとほしむ　今野寿美

語り了《を》へ過ぎにし時間かへり来ぬ春の雪降る巻末の歌　内藤　明

・選歌（詠進者生年月日順）

母国語の異なる子らよ母われに時にのみ込む言葉もあるを　アメリカ合衆国カリフォルニア州　鈴木敦子

片言の日本語はなす娘らは坂多き町の工場を支ふ　長野県　塩沢信子

広島のあの日を語る語り部はその日を知らぬ子らの瞳《め》の中　広島県　山本敏子

突風に語尾攫《さら》はれてそれつきりあなたは何を言ひたかつたの　福井県　川田邦子

いつからか男は泣くなと言はれたり男よく泣く伊勢物語　長崎県　増田あや子

耳元に一語一語を置きながら父との会話またはづみゆく　東京都　川島由紀子

語らひに時々まじる雨の音ランプの宿のランプが消えて　神奈川県　三玉一郎

多言語の問診票を試作して聴くことの意味自らに問ふ　神奈川県　浜口直樹

通学の越後線でも二ヶ国語車内放送流れる鉄橋　新潟県　南雲　翔

文法の尊敬丁寧謙譲語僕にはみんな同じに見える　長崎県　中島由優樹

平成三十一年 歌会始

お題

「光」

御製

贈られしひまはりの種は生え揃ひ葉を広げゆく初夏の光に

皇后宮御歌

今しばし生きなむと思ふ寂光に園《その》の薔薇《さうび》のみな美しく

雲間よりさしたる光に導かれわれ登りゆく金峰《きんぷ》の峰に
東宮

大君と母宮の愛でし御園生《みそのふ》の白樺冴ゆる朝の光に
東宮妃

山腹の洞穴《どうけつ》深く父宮が指したる先に光苔見つ
文仁親王

日の入《い》らむ水平線の輝きを緑閃光《グリーンフラッシュ》と知る父島の浜に
文仁親王妃紀子

日系の百十年の歴史へて笑顔光らせ若人《わかうど》語る
眞子内親王

訪れし冬のリーズの雲光り思ひ出さるるふるさとの空
佳子内親王

つかの間に光る稲妻さ庭辺の樹木の緑を照らしいだし来《く》
正仁親王妃華子

被災者の苦労話を聴きにける七歳《ななさい》が光れる一語を放つ

寛仁親王妃信子

らふそくの光が頼りと友の言ふ北の大地を思ひ夜更けぬ

彬子女王

窓べより光のバトンの射し込みて受くるわれらのひと日始まる

憲仁親王妃久子

朝光《あさかげ》にかがやく御苑《みその》の雪景色一人と一匹足跡つづく

承子女王

・召人

ひと雨の降りたるのちに風出でて一色《いつしよく》に光る並木通りは　鷹羽狩行

・召人控

言葉には羽あり羽の根元には光のありと思ひつつ語る　栗木京子

・選者

手づからに刈られし陸稲《をかぼ》の強《こは》き根を語らせたまふ眼差し光る　篠　弘

歳歳《さいさい》を歩みつづけて拓く地になほ新しき光あるべし　三枝昻之

白梅にさし添ふ光を詠みし人われのひと世を領してぞひとは　永田和宏

ひとたびといふともかげりおびてのち光さすとはいひけるものを　今野寿美

日の光人の灯《ともし》に移りゆく川沿ひの道海まで歩む　内藤　明

・選歌（詠進者生年月日順）

土佐の海ぐいぐい撓ふ竿跳ねてそらに一本釣りの鰹が光る　高知県　奥宮武男

剪定の済みし葡萄の棚ごとに樹液光りて春めぐり来ぬ　山梨県　石原義澄

湿原に雲の切れ間は移りきて光りふくらむわたすげの絮　福島県　逸見征勝

大の字の交点にまづ点火され光の奔る五山送り火　奈良県　荒木紀子

分離機より光りて落ちる蜂蜜を指にからめて濃度確かむ　栃木県　大貫春江

光てふ名を持つ男の人生を千年のちの生徒に語る　岡山県　秋山美恵子

ぎりぎりに光落とせる会場にボストン帰りの春信を観る　福岡県　瀬戸口真澄

無言になり原爆資料館を出できたる生徒を夏の光に放つ　岡山県　重藤洋子

風光る相馬の海に高々と息を合はせて風車を組めり　秋田県　鈴木　仁

ペンライトの光の海に飛び込んで私は波の一つのしぶき　山梨県　加賀爪あみ

「歌会始」に見る平成の時代

篠　弘

「平成」という時代を、一言で律することができない。戦争こそ無縁でしたが、災害の多い時代でもありました。大きな天災や人災が起こり、憎むべき犯罪やテロに見舞われ、たえず不穏な国際情勢にも包まれていました。

こうした苦難に遭遇する一方で、人々が得たものも少なくありません。新しい世代が出現し、自然を護ろうとする新たな価値観や、少子化に耐えうる新たな技術の開発が進んで、新しい時代を迎えたことも確かです。

平成の最初の歌会始は、平成三年に開かれましたが（お題「森」）、〈いにしへの人も守り来し日の本の森の栄えを共に願はむ〉という、樹木の豊かな国土を慈しむ御製は、その後における天皇陛下の一貫したモチーフとなります。

園児らとたいさんぼくを植ゑにけり地震《なゐ》ゆりし島の春ふかみつつ　十四年「春」
津波来《こ》し時の岸辺は如何なりしと見下ろす海は青く静まる　二十四年「岸」
慰霊碑の先に広がる水俣の海青くして静かなりけり　二十六年「静」
戦ひにあまたの人の失せしとふ島緑にて海に横たふ　二十八年「人」

このように御製には、大地震に苛まれ、公害病に翻弄された地域を訪れ、また、戦没者を慰霊される旅が詠みつづけられたのです。

一首目は、七年の阪神・淡路大震災より六年を経て、被災した淡路島で、園児らと植樹をされる。二首目は、二十三年三月に大きな津波の被害をうけた釜石・宮古の両市を、二ヶ月後にヘリコプターから視察されたものです。三首目は熊本市から足を延ばし、水俣病慰霊の日に花を供えられ、再発しないことを祈る。四首目は、二十六年に太平洋上のペリリュー島を訪ね、全滅した守備隊を慰霊するなど、国民の平安を希う鎮魂の旅に終始されていました。

陛下のように国の内外を積極的に回られた方はおられない。概ね同行された皇后さまのご心労も、計り知れないものがあったにちがいない。陛下を熱くねぎらわれる。いわば相聞《そうもん》を基調にされた心底からのいたわりの御歌がきわ立ちます。

幸《さき》くませ真幸《まさき》くませと人びとの声渡りゆく御幸《みゆき》の町に　十六年「幸」

風通ふあしたの小径《こみち》歩みゆく癒えざるも君清《すが》しくまして　十七年「歩み」

君とゆく道の果たての遠白《とほしろ》く夕暮れてなほ光あるらし　二十二年「光」

天地《あめつち》にきざし来たれるものありて君が春野に立たす日近し　二十五年「立」

皇后さまの御歌は巧みに古語を生かし、緊まった調べによって、二度も手術をされた陛下

をいたわる、豊かな情感が溢れる。
一首目は、前年の十五年に陛下は前立腺の手術を受けたにもかかわらず、北海道から奄美大島にいたる旅に同行され、国民からの祝福を受けるよろこび。二首目は、皇居内の散策の歌か。清やかに歩まれるお姿をいつくしむ。三首目は、御成婚五十年を迎えられ、この下句からは、ある達成感のようなものがうかがわれます。四首目は、二十四年二月に陛下は冠動脈バイパス手術をされた、その予後を案ずる皇后さまが、医師の診断に安らぎ、快癒の日を渇望してやまない思いを詠まれていたのです。
平成の歌会始は、こうして両陛下が、それぞれ題詠にもかかわらず、一貫した主題意識を持って作歌されたことを知って欲しい。

平成に入ってからの「召人」は永年歌界に寄与した歌人が少なくないが、とりわけ後半に入って文化界の方々が増えています。民俗学、詩人、国文学者、小説家、俳人らが選ばれ、いわば、短歌に近いジャンルであり、歌会始に関心をもつ領域が広がってくることを望みたい。

――陽に染まる飛魚の羽きらきらし海中《わたなか》に春の潮《うしほ》生れて　谷川健一　二十一年「生」

雲浮ぶ波音高き岸の辺に菫咲くなり春を迎へて　堤　清二　二十四年「岸」
葦茂る野に咲きのぼる沢桔《さはぎ》梗《きやう》冴えたる碧《あを》に今年も逢へり　久保田淳　二十九年「野」
語るべきことの数々溢れきて生きし昭和を書き泥《なづ》みゐる　黒井千次　三十年「語」
ひと雨の降りたるのちに風出でて一色《いっしょく》に光る並木通りは　鷹羽狩行　三十一年「光」

短歌以外の公益的な社会で活躍される方々が出詠され、召人を果たされている。こうした貴重な由来と慣行が守られていることがうれしい。

昭和四十年代の高度成長期を迎えるまでの近代の短歌には、病苦、貧困、家庭内不和を詠んだものが多い。そうしたモチーフは、発想や表現を変えて現在にも生きるのですが、歌会始の歌に現れることは少ない。近年、高齢化や障碍との抗いの歌が増え始め、これまた、全国的な大会のコンクールや、新聞・雑誌の選歌欄に発表されますが、その範囲内のことであって、歌会始の詠進歌とはほとんど関係がないと言えよう。

第一に歌会始は、新年に皇居で開かれ、天皇に詠進する場であり、おのずから作品は、気概に富んだ明るい思いを示すことが求められます。挽歌《ばんか》や哀歌《あいか》などの人の死を慨嘆するものは避けられ、選ばれることがあっても、極めて稀なことであろう。
もっとも気概を示した作品とは、自分自身の仕事に集中して挑む歌、いわゆる労働詠に見られることが多い。

遠距離の客降したる夕焼のバックミラーは森を映せり　杉山　弘　三年「森」
荷姿を確め終へし出庫車のヘッドライトに雪降りしきる　佐原　博　九年「姿」
「ひらひら」といふ語教へてひと時を留学生らと花吹雪浴ぶ　岡林鎮雄　十二年「時」
ほのぐらき倉庫の隅に生きつづく古古米二百俵の穀温はかる　中村正行　二十一年「生」
藍甕に浸して絞るわたの糸光にかざすとき匂ひ立つ　松枝哲哉　二十二年「光」
目の生れし魚の卵をレンズもて見守る実験室の静けさ　中西輝磨　二十六年「静」
手術野《しゆじゆつや》をおほふ布地は碧《あを》み帯び無菌操作の舞台整ふ　平田恭信　二十九年「野」
多言語の問診票を試作して聴くことの意味自らに問ふ　浜口直樹　三十年「語」
分離機より光りて落ちる蜂蜜を指にからめて濃度確かむ　大貫春江　三十一年「光」

仕事も多様になり、その捉え方も進歩しています。単に働き終えた充実感や、達成したよろこびにのみ終始していない。一首目の遠距離を走ったタクシードライバーの歌にしても、バックミラーに映った夕映えの森を描出することで、美しく詩化され、一仕事を終えた安らぎが増幅されます。四首目の古米を貯蔵管理する歌も珍しい。虫や黴《かび》が発生しないように穀温を保つべく、つねに熱情をもって調査される熟達者であろう。また八首目の医師の多言語の歌。来日される民族も多岐にわたり、問診票の病気の対象も複雑になりかねない。試案を作り直しながら、その有効性を憂えるような、新しい時代に即した仕事の歌が拓かれてきています。

その一方で、あれほど多かった農業の歌が減ってきています。いぜんとして経験の豊かなものが見られたが、若い人のものではない。

一位樫高くそびゆるわが森を遠くに見つつ春田たがやす　田坂増見　三年「森」

野薊のとげ荒く咲く田の畔《くろ》の際より先づは苗を植ゑゆく　高橋洲美熙　八年「苗」

整へし圃場の道を朝毎に通ひてわれは万の鶏飼ふ　三代英輔　十年「道」

梅雨晴れの光くまなくそそぐ田に五指深く入れ地温はかれり　玉川朱美　二十二年「光」

電源を入れよと妻に声かけてわさびの苗葉に液肥を放つ　井上正一　二十三年「葉」

剪定の済みし葡萄の棚ごとに樹液光りて春めぐり来ぬ　石原義澄　三十一年「光」

農事に関わる歌が減ってはならないし、その復活を心からねがう。物を創る歌には、すくなからぬ生命力が滲み、活力のみなぎる魅力を持っている。

ここで、もっとも平成という時代を反映し、かつ具現された作風を挙げておきたい。すでに天皇の御製で触れましたが、度重なる天災や人災に関わる作品がきわめて多かった。預選歌は毎年十首に限られますが、毎年二万首からの詠進歌を読む選者たちは熟知しています。採択されたものは東日本大震災に集中しましたが、被災詠がこれほど顕著に現れた時代はない。

土石流に埋まりし棚田に杉苗を植ゑて人らは村を去りたり　石川良夫　八年「苗」
地震《なゐ》に割れやうやく均す島の田にうからが寄り合ひ早苗植ゑゆく　松下正樹　八年「苗」
竹筒にらふそく灯り大地震《おほなゐ》の生者と死者は共に集へり　水口伸生　二十一年「生」
いわきより北へと向かふ日を待ちて常磐線は海岸を行く　寺門龍一　二十四年「岸」
相馬市の海岸近くの避難所に吾子ゐるを知り三日眠れず　山﨑孝次郎　二十四年「岸」
巻き戻すことのできない現実がずつしり重き海岸通り　澤邊裕栄子　二十四年「岸」
「あったよねこの本うちに」流された家の子が言ふ移動図書館　平井敬子　二十七年「本」

休憩所の日向に手袋干しならべ除染の人らしばし昼寝す　菊地イネ　二十八年「人」
積み上げし瓦礫の丘に草むして一雨ごとに野に還りゆく　角田正雄　二十九年「野」
風光る相馬の海に高々と息を合はせて風車を組めり　鈴木　仁　三十一年「光」

この一首目の棚田は、平成三年に流された普賢岳それであり、二首目は、平成七年一月の淡路島の地震であり、それぞれの土地にふさわしい対応策が具象化されています。事実の再現や報告という素直な表現にとどまっていましたが、四首目からの二十三年三月の東日本大震災になると、これまでの被災詠の領域を超えるものが現れてくる。

もとより四首目の当地における常磐線の不都合や、五首目のような被災者の苦悩を素朴に詠むものが続出しましたが、六首目のように福島県の海岸通り（浜通り）の痛手を衝いた、凝縮された詩想も出てくる。さらにボランティアの「除染」や、処理しきれない「瓦礫」の光景、原発に代わる風力発電へと詠み継がれていく。喧騒の去ったこれからが、むしろ日本人が災害から護るべき未来像を見出していくことになるであろう。期せずして平成の後半期は、被災詠のあるべき姿を求める起点となった。

歌壇の歌人層も高齢化しているように、全く同じような現象が起きている。候補となる作品も年長者のものが圧倒的に多い。地道な日常生活にもとづく「家族詠」に見るべきものがあり、この実績と慣行は、平成の時代においても変わらない。時代の実情に即して、その素材なども移り変わっていますが、これからも詠進歌の主流となっていくに違いない。高齢者にとって、一層作歌は生き甲斐となり、その中から注目される一首が詠まれてこよう。いまは高齢者の充実した日常詠からの引用は割愛をすることにします。

しめくくりに平成の時代に特筆すべきこととして、中学・高校生の応募が顕著なものとなってきました。それも個人別というよりも、学校や学年単位、ないしは部活動や同好者による集団的な詠進が、年々増えてくる。適切な指導者を囲む実例が、かつても散見されましたが、国語教育を補い、学校間の競合をまねくような動きが見られるようになってくる。

当初の学生の作品は、夏休みの出来事といった宿題の歌であったが、近年になって一変し、幼い恋をはじめ、若々しい視点の嘱目の歌が生まれるなど、急速に進歩してくる。

青春のまつただ中に今はゐる自分といふ草育てるために　　後藤栄晴　十三年「草」

彼と手をつなげることが幸せでいつも私が先に手のばす　　松本みゆ　十六年「幸」

熱線の人がたの影くつきりと生きてる僕の影だけ動く　北川　光　二十一年「生」
「大丈夫」この言葉だけ言ふ君の不安を最初に気づいてあげたい　大西春花　二十三年「葉」
続かない話題と話題のすきまには君との距離が静かにあつた　加藤光一　二十六年「静」
日焼けした背中の色がさめる頃友達四人の距離変化する　内山遼太　二十八年「人」
野原ならまつすぐ走つてゆけるのに満員電車で見つけた背中　鴨下　彩　二十九年「野」
夏野菜今しか出せない色がある僕には出せない茄子の紫　杉本陽香里　二十九年「野」
文法の尊敬丁寧謙譲語僕にはみんな同じに見える　中島由優樹　三十年「語」
ペンライトの光の海に飛び込んで私は波の一つのしぶき　加賀爪あみ　三十一年「光」

この中で、三首目の「熱線の人がた」は、広島の平和記念資料館の見学で衝撃を受けたものですが、それ以外は、青春を生きる自分と実直に向き合ったものであり、またみずみずしい恋の一端をうかがわせるものであって、読後感がすがすがしい。
四首目は親しい二人の歌で、「大丈夫」が口癖の強気の男子生徒を案じ、女の子のほうが一歩踏み込んだもので、下句の口語の表現に思いが籠る。また、十首目の演奏会に「ペンライト」を振って参加し、昂奮する自分を捉えますが、「波のしぶき」と見立てた比喩も美しい。モチー

フも既存のものではない。

平成における歌会始は、新旧の両世代が交歓しあい、古語と現代語（口語や会話体）も調和し、分かりやすい抒情詩としての短歌の魅力を、国民に広く紹介してきたことを認めたい。大きな試練を与えられた時代でありましたが、こうした歌会始の作品に、新たな世代に対する期待、新たな価値観への渇望、新たな技術の普及など、さまざまな希望が潜在しているにちがいありません。

どうか本書に収められた歌会始の歌群から、みずからのお心もちを代弁される短歌を探し出していただきたい。

「歌会始」の歌に見る両陛下の思い

永田和宏

初めに個人的なことをお許しいただければ、私は平成十六年から歌会始の選者として関わらせていただいたことになります。ちょうど平成という時代の半分ということになり、その過ぎ行きの迅さを感慨深く思うとともに、比較的近くから天皇皇后両陛下の御製御歌を拝見させていただく幸いにも恵まれました。平成という時代を特徴づける言葉はいろいろあると思いますが、両陛下のお歌との関連で言えば、この時代が近代日本の歴史のなかで、唯一戦争のない時代であったという点は、まず確認しておくことが大切であろうと思います。両陛下がもっとも心をこめて願われていたものが、「平和」ということであり、その大切さであったことは多くの国民の知るところでありましょう。

そして、天皇陛下が即位されてから、もっとも心を砕いてこられたのが、「象徴」であるとはどういうことか、その誰も答えを知らない困難な問題、アポリアに対して、時間をかけ、模索されつつ、遂にはご自身の答えを私たちに見える形で示してこられたのが、平成という時代の意味でもあったと、私は思っています。その「象徴」の意味について、ここで論じるには紙幅がとても足りません。幸い、この本と併行するような形で、私は『象徴のうた』（文藝春秋）という一書を出すことになっており、両陛下のお歌に見える「象徴」の意味については、そちらで詳しく論じてみたいと思っています。

ここでは平成の歌会始に出された両陛下の御製御歌について、取り上げておかなければならない三つの特徴について紹介をしておきたいと思います。

1　被災地へのご訪問

戦争こそなかったものの、平成という時代は、多くの激甚災害に見舞われた時代でもありました。その最初が雲仙普賢岳の噴火でした。

――人々の年月かけて作り来しなりはひの地に灰厚く積む　　御製　三年

これは歌会始に出された歌ではありませんが、平成という時代の両陛下の被災地訪問の記念碑的な一首ですので、敢えて紹介しておきます。火砕流が猛烈な勢いで山を奔りくだるといった災害現場が、テレビを通じてリアルタイムで一般国民の茶の間に伝えられたのは、この雲仙普賢岳が初めてのことでした。この災害ではまた両陛下が、避難している人たちの前に膝をついて接せられたことが、大きな感動として人々に記憶されることになりました。そしてそのスタイルは、以後も平成の終りまで続けられたことは、国民の誰もが知るところです。

――津波来《こ》し時の岸辺は如何なりしと見下ろす海は青く静まる　御製　二十四年「岸」

帰り来るを立ちて待てるに季《とき》のなく岸とふ文字を歳時記に見ず　皇后宮御歌　二十四年「岸」

これらはいずれも東日本大震災の被害に遭った人々への思いを詠まれたものですが、平成二十三年三月十一日の地震の後、四月の千葉県旭市の避難住民お見舞いを皮切りに、実に七週連続で両陛下の被災地訪問が行なわれたのでした。当時、七十代後半に入っておられた両陛下の年齢を考慮し、側近は東北のどこか一ヶ所を選んでの訪問を考えていたようですが、両陛下の強いご希望で七週連続という強行日程が実現したのでした。

天皇陛下は、松島上空からヘリコプターで南三陸町へ向かう、その上空から見た景を詠われています。あの凄まじい津波の来た岸辺を知っている私たちには、海がいまこんなに静かに凪いでいることが信じられないような思いがすると、その強い違和感を詠われたものでしょう。皇后さまの御歌は、より広く、岸という場は帰り来ぬ人を待つ、そんな悲しい場であるかもしれぬという思いを詠まれたものと思われます。直接には津波に攫われた人々を待ち続ける人への思いを詠われていますが、もっと広く戦争によって帰らぬ人々へと、思いは広がって行くのかもしれません。

私は、両陛下の被災地訪問の歌に関して、もう一つ、どうしても指摘しておきたいことがあります。それは両陛下の訪問は、一度行って、それで終わりということには決してならないということです。両陛下は、被災地を訪れたあとも、いつまでもその地のこと、その後の人々の生活のこと、復興のことを気にかけておられる。そんな歌が数多くあります。

贈られしひまはりの種は生え揃ひ葉を広げゆく初夏の光に　　御製　三十一年「光」

平成最後の歌会始に出された陛下の御製は、両陛下がいつまでも被災者のことを思い続けておられる、またそれを忘れてはならないと心に刻んでおられることを、何より雄弁に語る一首となっています。

阪神・淡路大震災で被災し、亡くなった少女の家に、翌年向日葵が自然に芽を出し、花をつけました。人々はそれを復興のシンボルにしようと種を増やして全国に配る運動を行なっていました。「はるかのひまわり」と呼ばれるようになったその種は、震災の十年後の追悼式典で天皇陛下にも渡されました。陛下は、毎年その種を蒔き、花をつけると種を取り、そしてまた翌年それを蒔く。そのようにして「贈られしひまはりの種」を育て続けてこられたと言います。

ちなみに、その十周年のときには、皇后さまは次の一首を詠まれました。

——笑み交《か》はしやがて涙のわきいづる復興なりし街を行きつつ　皇后宮御歌　十八年「笑み」

あの大震災のあとを健気に生きてきた人々。そんな人々と笑みを交わし、互いに喜びながら、時に涙ぐんでしまうこともある。そんな率直な思いを詠まれた一首ですが、その涙は、人々と心を通わせあっているからこそ生まれる涙であると言うべきでしょう。被災者たちをいつまでも忘れない。そう思い続けておられる両陛下の存在によって、国民はどれだけ勇気づけられるかは改めて言うまでもありません。

平成最後の歌会始に、両陛下の被災地訪問のもっとも大切な意味をさりげなく語っている御製、「ひまはり」の一首が出されたことは、実に感動的な、象徴的なことであったと言うほかはありません。

2　慰霊の旅

両陛下の平成時代の大きな事蹟のいま一つは、先の戦争で数知れない犠牲を出した戦跡への慰霊の旅でありましょう。国内だけでなく、国外へもその足跡は及んでいます。
両陛下は、私たち国民の誰もが忘れてはならない大切な日として、沖縄慰霊の日（六月二十三日）、広島原爆の日（八月六日）、長崎原爆の日（八月九日）と、全国戦没者追悼式が行なわれる終戦の日（八月十五日）を挙げておられますが、毎年その日には御所のなか、あるいは追悼式の会場で静かに黙禱しておられます。終戦五十年の一年前、平成六年には硫黄島の慰霊碑を訪れられたほか、翌年には沖縄、広島、長崎に慰霊の旅に出かけられ、東京都慰霊堂をも訪れられました。それらそれぞれの地方で戦争の犠牲になった人々を追悼されたのです。

――戦《いくさ》なき世を歩みきて思ひ出づかの難《かた》き日を生きし人々　　御製　十七年「歩み」

この一首は、平成十七年、終戦六十年を迎えるにあたって詠まれたものです。自分たちはいま「戦なき世を歩」んでいるからこそ、「かの難き日を生きし人々」が思われるというのです。平和の尊さを噛みしめるとともに、その平和が多くの人々の犠牲のうえに成り立っているものだということを忘れまい、忘れてはならないという歌でありましょう。
この年には、サイパン島を訪れられました。最後は民間人をも含め、玉砕という形で多くの犠牲者を出したスーサイドクリフに立ち、またバンザイクリフに向かって深く黙禱を捧げられました。

――サイパンに戦ひし人その様を浜辺に伏して我らに語りき　御製　十七年

――いまはとて島果ての崖踏みけりしをみなの足裏《あうら》思へばかなし　皇后宮御歌　十七年

歌会始の歌ではありませんが、いずれもサイパン島を訪問された折の歌であります。特に皇后さまの御歌、崖から身を投じた「をみなの足裏」が、悲しく心に沈んできます。

平成二十七年の終戦七十周年の年には、パラオ共和国のペリリュー島を、また翌年にはフィリピンを訪れて、戦没者慰霊碑に供花をされました。

――戦ひにあまたの人の失せしとふ島緑にて海に横たふ　御製　二十八年「人」

この一首は、ペリリュー島の岸から、はるか海の向こうに見えるアンガウル島に向かって拝礼された折の御製です。海の向こうに見える島もやはり、悲惨な絶望的な戦いのなかで日本軍が全滅した島でした。そこで亡くなった人々を思うとき、そのあまりにも緑豊かな島が、かえっていっそう強い悲しさとして蘇ってくるのでしょうか。

波なぎしこの平《たひ》らぎの礎《いしずゑ》と君らしづもる若夏《うりずん》の島　皇后宮御歌　六年「波」

万座毛《まんざもう》に昔をしのび巡り行けば彼方《あがた》恩納《おんな》岳さやに立ちたり　御製　二十五年「立」

沖縄は、両陛下が特に心を寄せて来られた地でありました。皇太子時代を含めて、合計十一回にわたって訪問され、そのたびに戦没者たちの碑への参拝がなされてきました。最初に皇太子皇太子妃として訪問された昭和五十年には、ひめゆりの塔に供花されたとき、洞窟に潜んでいた二人の活動家が火炎瓶を投げつけるという事件がありました。そんな衝撃的な事件があったにもかかわらず、お二人の沖縄訪問はその後も絶えることなく続けられました。

戦争の苛烈な記憶から、初めは天皇家に対して複雑な思いを抱いていた沖縄の人々でしたが、両陛下の沖縄への変わらぬ、そして真摯な思いは、沖縄の人々の心を確実に変えていったように思われます。両陛下のご訪問は、いつまでも自分たちの過去の悲劇を忘れないで、それを国民に示してくださる大きな励ましと希望となっているのではないでしょうか。基地問題をはじめとして、今なお苦しい状況にある沖縄に対して、「寄り添う」という安易な政治的な言葉がことあるごとに聞こえてきますが、真の意味で「寄り添う」を体現しておられるのが、天皇皇后両陛下の沖縄への思いであり、慰霊、供花、遺族たちとの懇談といった具体的な行動であるのだと思われてなりません。

3　家族と伴侶

両陛下のご結婚は、はじめて皇族以外からのお妃選びということで大きな話題となり、「テニスコートの恋」などという言葉とともに、いわゆるミッチーブームをもたらすことになりました。以来、お二人は常に国民の注目の的となりましたが、浩宮さまに続いて、礼宮さま、紀宮さまがお生まれになると、次に注目されたのが子育て真っ最中の、ご一家の「家庭」の現在ということでありました。時の皇太子ご一家は、ある意味では国民のアイドルといった様相を呈し、折りに触れてはご一家の生活が、テレビなどを通じて、国民の茶の間の話題となっていったのです。

若菜つみし香にそむわが手さし伸べぬ空にあぎとひ吾子《わこ》はすこやか

皇太子妃　昭和三十六年「若」

若菜を摘んだ自らの手にその香が沁み込んでいる。その手をもって、空に差し伸べた吾子が、口を大きくあけて何か片言を発している。すこやかなその成長を喜ぶ母親の歌でありますが、これが、歌会始に美智子さまが最初に出された「わが子」の歌でありました。

この一見普通の親子の交わりは、しかし皇室という場にあっては、大きな決断のもとになされた生活であったということを押さえておく必要があります。時の皇太子さま（現、天皇陛下）の幼少時は、昭和天皇が希望されたにもかかわらず、わが子を親の手で育てるということが許されませんでした。常に「他人」である大人のなかで過ごす皇太子さまの幼年期は、殊更に寂しく寄る辺ないものであったと思われます。そんな皇太子さまが美智子さまに出会われた時、期せずして次のような歌が生れたのでした。


――語らひを重ねゆきつつ気がつきぬわれのこころに開きたる窓　　皇太子　昭和三十三年

「婚約内定して」との詞書を持つ一首です。美智子さまに出会い、「語らひを重ね」ゆくなかで、ふと気づく。それはそれまでの自分が、こんなにも他の人に心を開いて話をしたことがなかったということだったのです。それほどに自らを閉ざしておられたのでしょうか。その心の窓をごくさりげなく開いたのが、まさに生涯の伴侶となった美智子さまであったのです。

テニスコートでの恋が結ばれ、三人の子供たちを得て、ある意味、国民の理想を体現するような「家族」が形成された。そんな「皇太子ご一家」は、まだ貧しさの残るこの国の多くの庶民に、これからの自分たちの未来を映し出す、ある種の希望の光として存在したと言ってもいいのではないでしょうか。

昭和の時代、三人の子供たちに囲まれた皇太子ご一家は、国民の多くがある憧れをもって見ていたまばゆいような「家庭」であり、お二人は、そのような子供や家族を詠った歌を多く作られましたが、平成の時代の歌会始では、子供たちがそれぞれ成長し、いわゆる子育てを終えたあとの落ち着いた夫婦として、互いを思いやる歌がとても多くなったように感じられます。

日本列島田ごとの早苗そよぐらむ今日わが君も御田《みた》にいでます　皇后宮御歌　八年「苗」

君とゆく道の果たての遠白《とほしろ》く夕暮れてなほ光あるらし　皇后宮御歌　二十二年「光」

五十年《いそとせ》の祝ひの年に共に蒔きし白樺の葉に暑き日の射す　御製　二十三年「葉」

一首目は、皇居のなかの「御田」に出て稲の世話をされている陛下を詠まれた皇后さまの御歌ですが、「今日わが君も御田にいでます」という弾むようなリズムのなかに、「わが君」を誇らしく思う気分がおのずから横溢している一首でもありましょう。二首目は、結婚五十周年の記念の年の歌会始、「光」の御題のもとに詠まれた一首です。五十年という長い年月を

「君」とともに歩み、なお歩もうとしているこの道。この道の向こうは遠く、白く、「夕暮れてなほ光あるらし」と見えるというのです。人生の後半にさしかかって、それでもなお共に歩むことのできる伴侶がいることによって、その道には「なほ」光が差している。互いの信頼感があるからこその、人生の歩みであると言うべきでしょう。私など、共に歩む伴侶を亡くした者にとっては、羨ましいかぎりの御歌と言わざるを得ません。

三首目の御製は、その翌年の一首。「五十年の祝ひの年」に、御所の近くの白樺の木から種を取り、皇后さまと共に蒔かれたのだといいます。その白樺が一年後に若木となり、葉をそよがせているのでしょう。自分たちには五十年という共に歩いた時間があるが、これからはまたこの白樺とともに、新たな時間をともに刻んでいきたいという率直な思いでもあったのかと拝察されます。両陛下の互いを思いやる歌は、ほんとうに多く見つけることができますが、同じ歌会始で、まさに相聞ともいうべき二首が並んだこともありました。

語りつつあしたの苑《その》を歩み行けば林の中にきんらんの咲く　御製　三十年「語」

語るなく重きを負《お》ひし君が肩に早春の日差し静かにそそぐ　皇后宮御歌　三十年「語」

思わず頬が緩んだという人も多かったのではないかと思いますが、ここには両陛下が互いを詠まれた歌が、しかも初句が「語りつつ」と「語るなく」という好一対として、期せずして並んだのでした。天皇陛下の御製、「語りつつ」の相手は言うまでもなく皇后陛下以外ではあり得ません。そこに皇后さまが居られるからこそ、そこで見つけた「きんらん」の花が愛おしく思えたのでしょう。一方、皇后さまの御歌では、天皇という立場のゆえに担っていかなければならないさまざまの重圧や重荷があるにもかかわらず、それに対する苦痛や弱音、愚痴などをいっさい述べられることのない天皇陛下の肩を仰ぎつつ、その肩に差す「早春の日差し」を詠われています。そんな「君」への心配であり、いたわりであり、そしてなによりも誇らしく見る視線がここには強く感じられます。このような歌を交わしあえる夫婦の幸せを思わずにはいられません。

――今しばし生きなむと思ふ寂光に園《その》の薔薇《さうび》のみな美しく　皇后宮御歌　三十一年「光」

平成最後の年の歌会始に詠進された皇后陛下の御歌です。私には、なんとも切ない歌というのが第一印象でした。退位を表明され、もうすぐ天皇という重圧から解放される陛下。結婚以来、お二人のこれまでの時間は、常に公人として、生活のこまごままで衆人の視線にさらされ続けてきた時間であったと言わなければならないでしょう。

公人としての時間から、退位を契機として、ようやく個人としての二人だけの時間を持つことができる。その喜びのなかで、ふと、自分たちに残された時間は「今しばし」なのかもしれないと思われたのです。せっかく自由になれたのに、そんなに長くないかもしれない時間。しかし、その時間をせいいっぱい生きていこう、生きてみようと思われたのでしょう。「寂光」という言葉がなんともせつなく、悲しく響きます。しかし、下句「園の薔薇のみな美しく」に、慎ましい喜びの感情がまことに自然に伝わってくる一首となりました。

先に述べたように、天皇陛下の最後の歌会始の歌は、ひまわりを詠うことで被災地を決して忘れないというメッセージ性の強い歌でした。皇后陛下の最後の歌会始は、天皇陛下と共に過すこれからの時間への切ない祈願とも言える思いが表現されていました。両陛下とも、最後の歌会始に、このようなそれぞれに深い思いを込めた歌を見せていただいたことは、逆に言えば、両陛下が、歌会始というこの行事をいかに大切に考えてこられたかをおのずから示していると言うことができると、私には思われます。

これから歌会始という場で、天皇皇后両陛下のお歌を拝見することができないことは、何にもまして残念なことと言わざるを得ませんが、両陛下には、これからもぜひお元気で、長く歌をお作りいただきたいと、そしてそのお歌を私たちに常にお示しいただきたいと切に願いつつ、筆を擱くことにいたします。

平成の「歌会始」預選歌を読む

三枝昂之

歌会始は一時間十五分ほどの儀式ですが終了後にも行事が続き、最後に選者と預選者十人との懇談会が行われます。その席で十人は自分の歌の背景を説明し、選者は各作品の優れたところを評します。

短歌は暮らしにもっとも近い文芸ですから作者の来し方や夢や抱負などを託すのに最適な詩型、詠進歌にも平成の世の暮らしぶりや祈りや夢がこめられています。主題ごとに見ていくことにしましょう。

震災の歌

平成の詠進歌を特徴づけるのは震災の歌です。人々は度重なる災害に遭遇しながらも立ちあがり、詠い続けました。

――竹筒にらふそく灯り大地震《おほなゐ》の生者と死者は共に集へり　水口伸生　二十一年「生」

平成二十一年の御題は「生」。場面は阪神大震災のあと毎年行われる鎮魂の集いと思われます。六四三四人の死者と心を一つにしながら新たにする静かな願いが心に沁みます。

相馬市の海岸近くの避難所に吾子ゐるを知り三日眠れず　山﨑孝次郎　二十四年「岸」

巻き戻すことのできない現実がずつしり重き海岸通り　澤邊裕栄子　二十四年「岸」

平成二十四年の御題は「岸」。前の年の三月十一日に東日本大震災が発生、二首はそのことを見つめています。御題は前年一月の歌会始当日に発表されますから、その時点では大震災は起こっていません。しかし二ヶ月後に東北と関東沿岸を大津波が襲い、「岸」は震災を反映する御題として詠進歌にも反映したのです。山﨑さんは遠く住む者の焦燥感、澤邊さんは惨状に立ち尽くす現地の人ならではの喪失感です。この年の皇后陛下の御歌も震災を視野に入れています。

帰り来るを立ちて待てるに季《とき》のなく岸とふ文字を歳時記に見ず　皇后宮御歌

歳時記にあれば季節とともに移る。しかしないから待つ心はエンドレス。大きな反響を呼んだ作品でした。この年の歌会始が期せずして震災詠の唱和となったのは、暮らしに近い詩型という短歌の特徴を示してもいます。

プレートよ静かにしづかに今しがた生まれたひとりが乗らうとしてゐる
佐藤眞理子　二十六年「静」

積み上げし瓦礫の丘に草むして一雨ごとに野に還りゆく
角田正雄　二十九年「野」

風光る相馬の海に高々と息を合はせて風車を組めり
鈴木　仁　三十一年「光」

震災はその後も詠われ続けて、佐藤さんのは太平洋プレートの動きによる地震と津波を意識した祈りの歌です。角田さんは時間とともに変化する風景を見つめ、鈴木さんは風力発電による相馬の新しい動きを愛でています。

ぜひ記憶しておきたいのは、平成最後の歌会始で披講された天皇陛下の御製です。

贈られしひまはりの種は生え揃ひ葉を広げゆく初夏の光に
御製　三十一年「光」

これは阪神・淡路大震災で亡くなった少女の自宅跡地に咲いて復興のシンボルとなったひまわりの種です。遺族から贈られ大切に育て、歌に詠むことによって、あの震災を忘れないという思いを陛下は最後の歌会始の場で示されたのです。伸びやかな声調にこめられた新しい時代への願いもこの御製の特色の一つです。

仕事の歌

仕事の歌も詠進歌の特徴の一つです。仕事現場が歌の個性を生かし易いからです。

空高く安全旗あげし構内に梨専用の貨物車を組む　小林正人　五年「空」
荒磯の次なる大波はかりつつ声掛け合ひて岩の海苔採る　松原キク　六年「波」
一軒家に最後の葉書配り終へ初日耀ふ道を下りぬ　小阪典生　十年「道」
ほのぐらき倉庫の隅に生きつづく古古米二百俵の穀温はかる　中村正行　二十一年「生」
如月《きさらぎ》の日はかげりつつ吹雪く野に山中《さんちゅう》和紙の楮《かうぞ》をさらす　政井繁之　二十九年「野」
剪定の済みし葡萄の棚ごとに樹液光りて春めぐり来ぬ　石原義澄　三十一年「光」
無言になり原爆資料館を出できたる生徒を夏の光に放つ　重藤洋子　三十一年「光」

小林さんは「梨専用」に地域性が生き、空高く上げる安全旗から働く充実感が広がる爽やかな一首です。松原さんは荒磯での仕事の緊張感が溢れる歌です。小阪さんは山間の一軒家が郵便配達の大切さを示し、中村さんは農業の現状を教える「古古米二百俵の穀温」という具体が効果的です。政井さんは印象鮮やかな和紙づくりの風景、石原さんは棚ごとの樹液に葡萄栽培の現場が生きています。重藤さんは展示に衝撃を受けた生徒たちを見守りながら願いも込めた「光に放つ」が印象的な教師の歌です。

さまざまな労働の苦心と充実感が見えてくる。それが仕事の歌の特徴ですが、歌会始はそのことを確認する大切な場でもあります。

暮らしの歌

短歌は自分の思ったこと、感じたことを掬いとるのが得意な詩ですから、もっとも多くの人に詠われるのが日々の暮らしの歌です。

一人居る幸せもありひとりなる淋しさもありて子と離り住む　赤司芳子　十六年「幸」
ぎこちなく笑ふことから始まれり仲直りせし朝の食卓　岩藤由美子　十八年「笑み」
実験のうまくゆかぬ日五ケ月の胎児動きてわれを励ます　一杉定恵　十九年「月」
一人見る花火はさびしいものだよと赴任の地から父は電話す　田中雅邦　二十年「火」
ひとり住む母の暮しの静かなり父のセーター今日も着てをり　山口啓子　二十六年「静」

赤司さんは淋しさに堪えながら子の暮らしを見守る健気な姿が共感を誘います。岩藤さん

は仲直りしたばかりの夫婦の食卓。硬さの残る笑いが二人の心理を生かしています。一杉さんは実験に悩む自分を胎児が励ますところに独特の幸福感があります。田中さんは寂しいと告げる背後から家族で楽しんだ花火の想い出が見えてきます。その楽しさが寂しさを誘うのです。山口さんはもこもこと着脹れるユーモラスな姿。寂しくて温かい歌です。

嫁ぐ日の朝《あした》に母は賑やかに父は静かに食卓囲む　前田直美　二十六年「静」

二人して荷解き終へた新居には同じ二冊が並ぶ本棚　五十嵐裕治　二十七年「本」

結婚に関わる二首。前田さんはその朝の対照的な父と母の姿に二人それぞれの内面が反映されていて楽しいですね。五十嵐さんの本はその人の人生記録の一端を示しますから「同じ二冊が並ぶ」は新婚ならではの幸福感です。

大雪を片寄せ片寄せ一本の道を開けたり世と繋がりぬ　木下瑜美子　二十七年「本」

大の字の交点にまづ点火され光の奔る五山送り火　荒木紀子　三十一年「光」

生命《いのち》とはあたたかきもの採血のガラスはかすかにくもりを帯びぬ　出口由美　二十一年「生」

同じ御題「本」でも木下さんは一本の道。大雪で閉ざされながら道をやっと開けた安堵感が「世と繋がりぬ」から伝わってきます。五山送り火は人生的な感慨を込めて詠われることが多い主題ですが、荒木さんは交点への点火に絞って現場を生かした点を評価されました。出口さんは命の尊さを曇るガラスに見ているところに個性が光ります。

戦争と暮らし

焼きつくす光の記憶の消ゆる日のあれよとおもひあるなと思ふ　久保田幸枝　二十二年「光」
おさがりの本を持つ子はもたぬ子に見せて戦後の授業はじまる　吉樂正雄　二十七年「本」
ちちははの歌ふをききしことぞなき歌ふに難き生活《たつき》なりしか　上田富男　七年「歌」
子どもらのましてや老いの笑まふ顔ひとつもあらず古きアルバム　醍醐　和　十八年「笑み」

久保田さんは平和の日々が長く続いて戦争の記憶を忘却の彼方に追い遣って欲しいと願い、いやいや焦土と化したあの日々を忘れてはならないとも思い返しています。相反する思いに悲惨な戦争体験が生きています。吉樂さんは自身の体験でしょうか。お下がりの一冊を二人で見る姿から乏しい戦後の暮らしが蘇ってきます。上田さんは歌を楽しむ余裕もなかった遠い時代の両親の暮らしぶりを見つめています。醍醐さんも同じ主題と読んでおきますが、写真を撮ることがまだ〈晴れ〉の行為だったからみんな緊張してカメラに向かっていたとも読めます。いずれにしろ、そこに時代の特徴は紛れもありません。

社会

市街化の進みて小さきこの森に日に幾たびか小鳥集まる　川村誠之進　三年「森」
卒業のうたはひとりのために流れ今日限り閉づ島の学校　溝口みどり　七年「歌」
ほのぼのと河岸段丘に朝日さしメガソーラーはかがやき始む　小林勝人　二十四年「岸」
片言の日本語はなす娘らは坂多き町の工場を支ふ　塩沢信子　三十年「語」

二十九年間の預選歌には社会の変化も刻印されています。川村さんは開発が進んで変貌する森。溝口さんは過疎化と少子化が進む島の暮らし、一人のために流れる卒業の歌に万感が籠もっています。小林さんは朝日に輝くのが川や樹々ではなく大規模太陽光発電。原発事故以後に加速する代替電源による風景の変貌です。塩沢さんは町の工場を支える外国の娘たち。片言の日本語が地域に溶け込む健やかさを示して明るい歌ですが、労働力不足が深刻化する日本の現実を反映してもいます。

父が十野菜の名前言へるまで医師はカルテを書く手とめたり　西出和代　二十九年「野」

耳元に一語一語を置きながら父との会話またはづみゆく　川島由紀子　三十年「語」

こちらは高齢化と認知症の問題がますます広がる社会。西出さんは「書く手とめたり」から野菜の名前を懸命に思い出そうとする父の姿が見えてきます。川島さんは耳が遠くなった父ですが、「一語一語を置」くという行為に娘のこまやかさがあり、うるわしい父と娘の会話になりました。

季節

古今和歌集など勅撰集は季節の歌から始まります。四季豊かなこの国の大切な主題だからと考えたいと思いますが、今日でも季節を生かした歌は少なくありません。

雨上がり人差し指で穴をあけ春の地球に種を蒔きたり　髙橋千恵　二十八年「人」

歩みゆく秋日《あきひ》ゆたけき武蔵野に浅黄斑蝶《あさぎまだら》の旅を見送る　上田国博　二十九年「野」

友の手をとりてマニキュア塗る時に越後平野に降る雪静か　山本英吏子　二十九年「野」

――夏野菜今しか出せない色がある僕には出せない茄子の紫　杉本陽香里　二十九年「野」

髙橋さんは春の地球に穴をあけるという大胆な表現に季節の柔らかさが生きています。翌年の御題「野」には季節を生かした歌が多く、上田さんは蝶が旅立つ秋、山本さんは友と冬籠もりする温かさです。杉本さんは高校生。「今しか出せない」に自身の青春への思いが重なりますが、「茄子の紫」と収めて視覚的にも鮮やかな一首となりました。

風景

叙景歌という言葉があり、風景も大切なテーマの一つですが、二十九年間の預選歌には多くありません。自分を抑えて観察に徹する作歌が少なくなったからでしょうか。

――映像に見し月山の朝のあめ昼すぎてわが町に移り来　山中律雄　十九年「月」

――湿原に雲の切れ間は移りきて光りふくらむわたすげの絮　逸見征勝　三十一年「光」

山中さんは移りくる雨を通して自然の営みの大きさを受け止めています。逸見さんは移ってきた光を受けたわたすげの絮を「ふくらむ」と捉えたところに観察の細やかさが生きています。

二首から見える叙景歌の魅力、ぜひチャレンジしてください。

表現の工夫

魅力的な歌にはキラリと光る一点がある。そんな特徴を持った歌を紹介しましょう。

草はらに生れしばかりの仔馬立ち母より低き世界を見てゐる　高野伊津子　十三年「草」

手話交はす少女二人が図書館車に紋白蝶と歩みくるなり　森元英子　十七年「歩み」

ぎりぎりに光落とせる会場にボストン帰りの春信を観る　瀬戸口真澄　三十一年「光」

高野さんは生まれたばかりの仔馬の視野を「母より低き世界」と捉えたところに工夫があり、森元さんは二人が蝶と一緒に歩んでくるとも読めますが、手話の手の動きを「紋白蝶」と見たと読みたいと思います。そこに明るさが生きています。瀬戸口さんはぎりぎりに落した光が絵画展の現場を生かし、なぜ江戸の浮世絵師の作品がボストン帰りなのか、曰くありげな物語も示唆しています。春信は鈴木春信です。

海外

筑波嶺に姿の似たる山近く異境の土を耕して生く　ブラジル　中村教二　九年「姿」

アマゾンに七十年の我が歩み大旱《おほひでり》に遭ひ洪水に遭ふ　ブラジル　原田清子　十七年「歩み」

晩秋の牧場の地平に野火走り一千頭の牛追はれくる　ブラジル　渡辺　光　二十年「火」

中村さんは地球の反対側からの望郷、原田さんは異境での多くの困難です。渡辺さんが示すように、ブラジルの歌はスケールの大きな風景が詠われて詠進歌の一つの特徴にもなっていますが、近年は入選が減っています。移民世代の交代と共に作歌する人が少なくなったからでしょう。文化のルーツを確認するためにも若い世代に期待したいと思います。

青春

短歌は青春の文学とも言われます。「その子二十《はたち》櫛にながるる黒髪のおごりの春のうつくしきかな」と青春の一回的な誇らしさを詠った与謝野晶子を思い出しましょう。心強いことに年を追うごとに若い人の応募が増え、預選歌に選ばれる青春歌も多くなりました。

――朗読は春の章へと入りたりそのやうに君と繋がつてゆく　里見佳保　十四年「春」
夕凪のなか走り出す僕が生む向かひ風受けまた加速する　丸山翔平　二十一年「生」

里見さんは朗読の伸びやかな声を君への思いに繋げ、明るく伸びやかなリズムが新春を言祝ぐ歌会始にふさわしい相聞歌《そうもんか》です。丸山君は自分が生む向かい風をさらに強めるように加速する。健やかで凛々しい青春歌です。

――駐輪場かごに紅葉をつけてゐるきみの隣に止める自転車　中村玖見　二十三年「葉」
「大丈夫」この言葉だけ言ふ君の不安を最初に気づいてあげたい　大西春花　二十三年「葉」

可憐な恋の歌二首です。中村さんは隣に止める行為がいじらしく、大西さんは言葉の奥を感じとろうとするところに君を思う気持ちの真剣さが表れています。

――ネクタイをゆるめず走る君の背を立ち止まらずに追ひかけるから　川俣茉紀　二十五年「立」
二人分焼いてしまつた食パンと静かな朝の濃いコロンビア　中島梨那　二十六年「静」

大学生の恋二首ですが、川俣さんは就活の懸命と恋する懸命が一つになったスピード感が魅力です。中島さんは別れたのについつい二人分。「濃いコロンビア」が効果的です。

――この本に全てがつまってるわけぢやないだから私が続きを生きる　小林理央　二十七年「本」

学ぶだけではなく本をステップに更に遠くへ行く。「続きを生きる」に強い意志がこもり、本との向き合い方が斬新な歌です。

――文法の尊敬丁寧謙譲語僕にはみんな同じに見える　中島由優樹　三十年「語」

中学生らしい戸惑いが微笑ましい歌ですが、この区別、実は大人にも間違った使用例が少なくなく、なかなか厄介なんですよ。

――ペンライトの光の海に飛び込んで私は波の一つのしぶき　加賀爪あみ　三十一年「光」

盛り上がるライブコンサート。スピード感のある語り口が主題を生かして魅力あふれる歌です。揺れる光と一つになった高揚感が私には平成最後の歌会始のフィナーレを飾っているように感じます。

平成の歌会始は若者たちの詠進が増え、文字通り、老若男女の唱和の場となりました。

索引

●御製御歌

●皇族の部

【預選者】

解説者紹介

篠　弘

昭和8年生まれ。歌誌「まひる野」代表。毎日新聞歌壇選者。日本現代詩歌文学館館長。日本文藝家協会副理事長。宮内庁御用掛。歌会始選者（平成18年〜平成31年）。

永田和宏

昭和22年生まれ。歌誌「塔」選者。朝日歌壇選者。京都産業大学タンパク質動態研究所所長。歌会始選者（平成16年〜平成31年）。

三枝昻之

昭和19年生まれ。山梨県立文学館館長。日経歌壇選者。日本歌人クラブ会長。歌会始選者（平成20年〜平成31年）。

宮中《きゅうちゅう》歌《うた》会《かい》始《はじめ》全《ぜん》歌《か》集《しゅう》
歌がつむぐ平成の時代

二〇一九年四月一九日　第一刷発行

編　者　宮内庁《くないちょう》
発行者　千石雅仁
発行所　東京書籍株式会社
　　東京都北区堀船二-一七-一　〒一一四-八五二四
　　電話　〇三-五三九〇-七五三一（営業）
　　　　　〇三-五三九〇-七四五五（編集）

印刷・製本　図書印刷株式会社
© Kunaichō 2019. Printed in Japan
ISBN 978-4-487-81222-6　C0095

写真＝宮内庁
装画＝横尾英子
DTP＝越海編集デザイン
ブックデザイン＝麻生隆一（東京書籍）

東京書籍ホームページ
　https://www.tokyo-shoseki.co.jp/
乱丁・落丁の際はお取り替えさせていただきます。
定価はカバーに表示してあります。